이것이 법이다

이것이 법이다 9

2016년 3월 31일 초판 1쇄 인쇄
2016년 4월 5일 초판 1쇄 발행

지은이 자카예프
발행인 이종주

기획 팀 이기헌 송윤성
책임 편집 최전경

발행처 (주)로크미디어
출판등록 2003년 3월 24일
주소 서울시 마포구 성암로 330 DMC첨단산업센터 3층 314호
Tel (02)3273-5135 Fax (02)3273-5134
홈페이지 rokmedia.com E-mail rokmedia@empas.com

ⓒ 자카예프, 2015

값 8,000원

ISBN 979-11-5939-015-9 (9권)
ISBN 979-11-255-9575-5 04810 (세트)

이것이 법이다

9

자카예프 장편소설

로크미디어

CONTENTS

정의란 무엇인가

"으하아암."

노형진은 피곤한 얼굴을 비비면서 아래층으로 내려왔다.

"졸려 죽겠네."

지난번 사건 이후 새론의 이름은 더욱 유명해졌다.

더군다나 지난번 사건으로 백민대학교에 수많은 교수들이 들어간 덕분에 백민대학교의 로스쿨 자격 가능성이 더욱 높아져 그쪽 일까지 함께하게 되면서 여러모로 바쁜 나날을 보내고 있었다.

"이러다 커피 중독되겠어. 이번에는 커피 좀 줄인다고 그랬는데 말이지."

야근이 길어질수록 커피를 점점 많이 마시게 되기에 회귀

전에는 커피 킬러라 불렸다. 그래서 이번 생에는 줄여 보려 했지만 회귀 전보다 더 많은 일거리 때문에 일찌감치 포기할 수밖에 없었다. 커피를 줄였더니 자양 강장제들을 더 먹게 되었기 때문이다.

"차라리 인터넷에서 대량으로 구매해서 쌓아 놓을까."

노형진은 툴툴거리면서 편의점 향했다.

"서울은 이게 좋다니까."

근처에 편의점이 많아 언제든 필요한 것을 살 수 있다는 점 말이다. 물론 마냥 좋은 건 아니다. 그 많은 편의점들이 잘된다는 것은 그만큼 야근하는 직장인들이 많다는 뜻이니까.

"그래도 인터넷에서 사는 게 싼 것 같기는 한데……."

이런저런 고민을 하면서 막 편의점으로 가는 코너를 도는 순간 노형진은 엄청난 비명에 얼어붙어 버렸다.

"끄아아아악!"

아무리 변호사라 해도 그런 비명이 익숙해질 수는 없다. 애초에 익숙해지는 것이 이상하다.

"뭐야?"

"무슨 일이야?"

그 비명이 얼마나 큰지 사람들은 너도 나도 건물 바깥으로 달려 나왔고 그중 몇몇은 안전을 위해서인지 무기가 될 만한 골프채 같은 것을 가지고 나왔다.

"무슨 일이에요?"

"나도 모르겠습니다."

워낙 갑자기 벌어진 일이다 보니 사람들의 경계심은 최고조였다.

그런데 얼마 후 그 비명이 어디서 들린 건지 확인할 수 있는 두 번째 비명이 울려 퍼졌다.

"꺄아아악!"

첫 번째 비명이 누군가 고통에 지른 단말마라면 두 번째는 놀라서 지르는, 째지는 듯한 비명.

노형진과 사람들은 그 비명이 터진 곳으로 달려갔는데, 그곳은 황당하게도 노형진이 가려고 했던 편의점이었다.

그 편의점에 도착한 노형진은 깜짝 놀라서 그곳을 바라볼 수밖에 없었다.

"당신은?"

편의점 앞에 서 있는 사람은 노형진이 아는 사람이었다.

그녀는 벌벌 떨면서 서 있었고 그 앞에는 머리에서 피를 철철 흘리고 있는 남자가 쓰러져 있었다. 그리고 그들의 앞에는 방금 두 번째 비명을 지른 여자가 놀라서 주저앉아 있었다.

"무슨 일입니까?"

"이봐요!"

그걸 보고 다른 사람들이 황급하게 달려가려고 하자 노형진은 그들을 가로막았다.

"진정하십시오. 여기서부터는 접근하시면 안 됩니다."

"당신이 뭔데!"

"변호사입니다."

"변호사?"

"네, 지금 여기는 사건 현장입니다. 그러니까 일단은 접근하지 마십시오."

그 말에 주춤주춤 물러나는 사람들.

노형진은 그들이 물러나는 걸 확인하고는 주저앉은 여자를 일으켜 세워서 뒤로 물러나게 했다. 그리고 천천히 몽둥이를 들고 있는 여직원에게 향했다.

"자…… 영주 씨, 진정하시고, 저 지금 다가갈게요. 이 사람의 상태를 좀 확인하려고 하거든요."

그 말에 움찔거리더니 몽둥이를 더 치켜드는 그녀.

분명 공격하고자 하는 모습이었기에 노형진은 그녀를 재빨리 말렸다.

"영주 씨! 진정하세요."

"헉!"

영주라고 불린 여자는 이곳에서 야간 아르바이트를 하는 아가씨였다.

다른 편의점 알바들과 다르게 싹싹하고 또 열심히 살아가려고 하는 모습이 보이는 데다가 힘들게 야근하는 직원들에게 힘내라고 하는 등 성격도 좋아 주변에서 야근하는 사람들은 대부분 그녀를 알고 있었다.

"그놈은…… 그놈은……."

"진정하세요. 아셨죠?"

노형진은 천천히 그 남자에게 다가갔다. 그러고는 그 남자의 목에 손을 대고는 안도의 한숨을 내쉬었다.

'다행이다.'

머리에서 피를 흘리고 있긴 하지만 다행히 죽은 것은 아니었다.

"다행히 살아 있네요. 거기 당신, 당장 구급차 불러요."

노형진은 한쪽에 서 있는 사람을 가리켜서 당장 구급차를 부르라고 했다. 이런 경우, 아무에게나 부르라고 하면 누구도 부르지 않는다는 걸 알기 때문이다.

그 말에 그 남자는 품 안에서 핸드폰을 꺼내 들었다. 그런데 살아 있다는 말에 반응한 건 그뿐만이 아니었다.

"그 녀석이 살아 있다구요?"

몽둥이를 치켜들고 달려들 것처럼 보이는 영주.

노형진은 그녀를 손을 들어 가로막았다.

"진정하세요. 무슨 일이 벌어졌는지 모르지만 더 이상 공격하시면 안 됩니다."

"그 녀석은…… 그 녀석은……."

"무슨 일이 있는지 모르지만 일단 진정하세요."

그녀는 부들부들 떨더니 그대로 몽둥이를 아래로 떨궜다.

노형진은 천천히 다가가 그녀의 손에 들린 몽둥이를 넘겨

받았다.

'뭔가 잘못되었어.'

남자를 보는 영주의 시선과 주변에 어울리지 않는 남자의
복장을 보자 노형진은 일이 크게 잘못되었다는 사실을 알아
챘다.

아무리 봐도 영주는 그 남자를 아는 것 같았고 그 남자는
이 근처에서 일하는 직장인은 아닌 듯했다.

애애앵.

그때 저 멀리서 들리는 구급차의 소리. 그리고 털썩 주저
앉는 영주.

노형진은 그들을 바라보면서 쓸쓸한 표정을 지을 수밖에
없었다.

⚖️

"영주 씨가요?"

"네."

아무래도 야근이 많은 새론에서는 편의점에 자주 가게 된
다. 그러다 보니 영주를 모르는 직원이 드물 정도였다.

"그럴 사람이 아닌데?"

"저야 모르지요."

송정한조차 그녀가 그런 짓을 저질렀다는 사실에 깜짝 놀

랐다.

아무래도 야간 근무는 힘들다. 물건도 새로 받아야 하고 사람은 거의 다니지 않으니 위험하기도 한 데다 밤과 낮이 바뀌는 탓에 체력적으로도 힘들 수밖에 없다.

그럼에도 불구하고 그녀가 언제나 오는 손님들을 환한 미소로 맞았고 힘내라고 응원했다. 그래서 다들 그런 그녀가 누군가를 공격했다는 게 믿기지 않는 모양이었다.

"일단은 경찰차를 타고 갔으니까 무슨 일인지 나오겠지요."

"쓰러진 남자는?"

"복장이 좀 허름하던데 강도 같은 것일 수도 있고요."

"끄응…… 아무리 그래도 그렇게 과도하게 공격하는 게 좋진 않은데."

"어쩌겠습니까? 세상은 한쪽 면만 있는 건 아니니까요."

"그렇기는 하지."

아무리 착해 보이는 사람도 어두운 면이 있기 마련이다.

실제로 수많은 연쇄살인범들이 잡고 보면 생각지도 못하게 바른 사람인 경우가 많다. 독실한 종교인이나 주변에 사회적으로 바르다고 소문난 사람이라 주변에서 그 사람이 그럴 리가 없다고 하는 경우가 제법 많은 탓이다.

"잘 해결되면 좋겠네요."

"그랬으면 좋겠네."

그렇게 새론, 아니 주변을 깜짝 놀라게 만든 사건은 잊혀

가는 듯했다. 다른 사람들은 모르지만 새론의 입장에서는 하루에 수십 개씩 들어오는 수많은 사건들과 별반 다를 게 없는 사건이었기 때문이다.

그러나 어느 정도 시간이 지난 후에 벌어진 일로 인해 그 사건은 다시 새론에 알려지게 되었다.

"네?"

그를 찾아온 사람이 편의점의 사장이었던 것이다.

"의뢰를 맡기고 싶다고요?"

"네, 영주에 대한 변론을 부탁드리고 싶습니다."

"영주 씨를요?"

그날 분명 남자를 폭행한 이유로 경찰서로 잡혀가기는 했다. 그런데 변론이라니?

"죄목이 뭔데요? 그놈, 강도 아니었습니까?"

"그게……."

잠시 입을 다물고 한숨을 푹푹 쉬던 편의점 사장이 힘겹게 입을 열었다.

"존속 상해입니다."

"뭐라고요?"

상해란 말 그대로 누군가를 공격해서 상처를 입히는 걸 말한다.

문제는 그 앞에 존속이라는 말이 붙어 있다는 것.

존속이란 말 그대로 그와 피를 나눈 가족이라는 뜻이다.

"그 남자, 아버지랍니다."

"아버지요? 그 사람이요?"

노형진은 그날 피를 흘리면서 쓰러져 있던 남자의 모습이 기억났다.

허름한 복장에 오래된 옷을 입은 남자.

땅값 비싼 서울 한복판에 어울리지 않는 복장이었던 그가 아버지였다니?

"그런데 왜 공격한 겁니까?"

"저도 자세한 건 모릅니다. 영주가 아무런 말도 하지 않고 있어서요. 하지만 어느 정도는 알고 있습니다."

영주가 그곳에서 야간 알바로 일한 지 벌써 3년째란다.

편의점 알바로 3년을 일하는 게 쉬운 일은 아니다 보니 사장은 그녀의 사정을 어느 정도 알고 있었다.

"제가 알기로는 그다지 좋은 아버지는 아니었다고 하더군요. 툭하면 술을 마시고 가족을 패고, 도벽에 도박 중독까지 있어서 뻔질나게 감옥을 들락날락했다고 합니다. 심지어 영주의 대학 등록금까지 들고 가서 도박으로 날려 버려서 영주가 고졸이 되는 데에 크게 기여했다고 하더군요."

"음……."

"그래서 성인이 되자마자 집을 나와 버렸답니다. 그 후로 우리 편의점에서 계속 일해 왔던 거지요."

그 말에 노형진은 한숨이 푹 나왔다. 그런 경우는 제법 많았기에 그런 경우가 어떤 건지 누구보다 잘 알고 있었다.

"찾아온 거군요."

"네."

그런 인간이 집을 나간 딸이 걱정돼서 찾을 리 없다. 분명 돈이 떨어져서 딸에게 돈을 요구하러 나타난 것이다.

'아직 개인 정보 보호법이 없으니…….'

개인 정보 보호법이 있다면 달라고 해도 주지 않겠지만 지금은 그런 게 없으니 가족인 것만 증명하면 아무렇지도 않게 정보를 넘겨주곤 했다.

"그래서 공격한 거랍니까?"

"네."

"하아."

술에 취해 나타나서 돈을 달라고 난리를 피웠을 게 뻔하니 당연히 그녀는 어떤 수를 써야 했을 것이다. 경찰을 부르면 좋았겠지만 애석하게도 그녀는 경찰을 부르는 대신 직접 공격하는 것을 선택한 것이리라.

"그런데 사장님이 우리를 고용하신다니 의외입니다."

"솔직히 영주 같은 알바생을 구하는 게 쉬운 일은 아니거든요. 열심히 하고 주변에 사람도 모이고요. 영주가 야간 알바를 하고 나서부터 야간 수입이 몇 배는 뛰었습니다."

"하하하."

그럴 수밖에 없다. 멍하니 서서 계산하는 사람보다는 한마

디라도 힘내라고 말해 주는 사람에게 마음이 가는 것이 사람들의 마음이니 말이다.

더군다나 매일같이 야근해야 하는 직장인들의 마음이 더더욱 이해가 가는 노형진이었다.

"그런데 존속 상해라…… 좋지 않아요."

상황이야 이해하지만 존속 상해라는 게 가벼운 죄는 아니다.

"존속 상해는 1년 이상 10년 이하 징역이거나 1,500만 원이하 벌금형입니다. 그런데 솔직히 벌금은 거의 안 나오고 대부분은 징역입니다. 그만큼 존속 상해는 처벌이 강합니다."

"그렇다고 하더군요. 그래서 제가 변호사를 알아보려고하는 겁니다. 영주가 그렇게 인생이 망가질 아이는 아니라서요. 솔직히 그날도 욱해서 그런 것도 있었겠지만 편의점을지키려고 한 것도 있지 않겠습니까?"

"하긴. 그럴 수도 있네요."

그런 인간이라면 딸이 일하는 곳에 와서 돈 줄 때까지 깽판을 칠 게 당연했다.

'사실 경찰을 불러 봐야 의미가 없었겠지.'

아마도 스스로가 가장 잘 알고 있었기에 영주는 직접 공격했을 거라고 노형진은 생각했다.

이야기를 들어 보니 심각한 가정 내 폭력 행위가 있었던모양이다. 그러나 대한민국 경찰은 이를 가족 내 문제라고생각해서 제대로 처벌하거나 예방하기는커녕 제대로 해결해 주지도 않거나 폭행을 가하던 사람을 잡아 와도 적당히 훈방해 주는 게 보통이었을 테니 그걸 보고 자란 영주의 입장에서는 믿을 수가 없었으리라.

"흠……."

"좀 무리인가요?"

"솔직히…… 그렇습니다."

해 주고 싶지만 배당된 사건이 너무 많다.

들어 봐도 사방을 뛰어다니면서 해결해야 하는 사건인데 매일 밤 야근하는 노형진의 입장에서는 도무지 사건을 담당할 시간이 없었다.

"다만 다른 변호사님들에게 부탁해 보도록 하죠."

"그래 주시면 감사하겠습니다. 안 그래도 주변 변호사들은 너무 비싸서……."

"그렇기는 하죠."

새론은 무조건 300만 원부터 시작이고 나머지는 실비 청구다. 하나 다른 곳은 못해도 450만 원 정도 청구하고 승소 비용에 실비까지 따로 청구한다.

가족도 아닌 아르바이트를 하는 직원을 위해 의뢰하는 사장도 대단한 사람이긴 하지만 그렇다고 해도 금전적 문제가 없는 것은 아니었다.

"잘 부탁드립니다."

"네."

도무지 시간이 나지 않았던 노형진은 이번 사건은 다른 사람에게 맡기기로 했다.

하지만 그런 그의 생각을 바꾸는 일이 벌어졌다.

"모금함?"

하루는 회사에 출근하는데 입구에 난데없이 종이 박스가 떡하니 놓여 있는 것이 아닌가?

크리넥스 티슈 통에 '영주 구하기 모금함'이라는 하얀 종이가 붙어 있었다.

"뭐냐, 이거?"

"아, 노 변호사님, 오셨어요?"

"응, 근데 이거 뭐야?"

"보다시피 모금함이죠."

"근데 이게 왜 있는 거야?"

"주변 직장인들이 변호사 비용을 모금하기로 했어요."

"엥?"

다른 사람을 위해 직장인들이 변호사비를 모은다는 사실에 노형진은 살짝 놀랐다. 아주 친한 것도 아닌 평범한 편의점 알바였을 뿐이다. 그런데 모금함이라니?

"우리 새론에서만 하는 거야?"

"그건 아니에요. 주변 직원들이 자발적으로 만든 거예요."

"왜?"

"왜냐고 물으신다면…… 글쎄요? 왜일까요? 그냥 모금해 보는 게 어떻겠냐는 이야기가 나왔는데 사람들이 동의해서 만들어진 것뿐인데요?"

"그냥?"

"네, 그냥."

카운터에서 안내해 주던 직원의 말에 노형진의 입가에 슬며시 미소가 떠올랐다.

사건이 벌어지면 누군가가 사람들을 강제로 모아서 탄원서를 받거나 모금을 하는 경우가 많다. 하지만 이렇게 자발적으로 모금하는 경우는 드물다. 설사 한다고 해도 보통 강제적으로 얼마 이상이라고 못을 박아 버리는 경우가 대부분이다.

짤그랑.

노형진은 모금함이라 써진 티슈 통을 붙잡고 흔들었다.

짤그랑거리면서 들리는 동전의 소리. 사람들이 너도 나도 자발적으로 낸 마음의 소리였다.

'이런 게 강제로 모은 10만 원보다 더 좋은 거지.'

노형진은 미소를 지으면서 안으로 들어갔다.

⚖️

얼마 후, 편의점 사장과 회사 직원 한 명이 봉투를 들고 찾아왔다.

"노 변호사님."

"오셨습니까?"

"네, 그런데 사실은 부탁이 있습니다."

"예상하고 있었습니다."

편의점 사장이 직접 변호사비를 내겠다고 했음에도 불구하고 따로 돈을 모았다는 것에는 다른 이유가 있을 수밖에 없다. 그리고 그 대상은 노형진일 가능성이 높다.

아니나 다를까, 그들이 그렇게 모은 돈을 변호사비로 들고 왔다.

"영주 씨의 변론을 해 달라는 거지요?"

"네, 주변 사람들이 조금씩 모은 정성입니다."

사장이 준 300만 원과 그와 더불어 주변에서 모은 돈 189만 5천 원.

사람들이 진심으로 누군가를 구하기 위해 나섰다는 증거.

"후우."

노형진은 그걸 받아 들고는 한숨을 쉬었다.

"제가 받아들일 수밖에 없게 만드시네요."

사람들이 이렇게 부탁하는 상황이니 노형진이라고 해도 거절할 수 없다.

"하지면 변호사 비용은 300만 원만 받겠습니다. 내부 규정이고 더 이상 받고 싶지는 않습니다."

"하지만 이건 변호사님에게 부탁드리려고 모은 돈인데……."

"그 돈은 다른 변호사들한테 줘야지요. 회식이라도 하라고요. 제 사건을 가지고 가야 할 테니까요."

"하하하."

직원은 미소를 지었지만 그게 마냥 좋은 건 아니었다. 그럴 수밖에 없는 것이, 그는 새론의 직원이라 변호사들이 얼마나 많은 일을 하고 있는지 알고 있기 때문이다.

만일 노형진의 사건을 새로 배당한다면 몇몇에게서는 곡소리가 나올지도 모른다.

"그리고 이 부분은 확실하게 짚고 넘어가죠."

노형진은 사건을 담당하기로 했지만 그렇다고 해서 좋은 소리만 할 생각은 없었다. 아니, 정식으로 담당하기로 했으니 그들도 현실을 알아야 한다.

"이 사건, 절대 못 이깁니다."

"네?"

"무슨 말씀이십니까? 다른 변호사들은 충분히 이길 수 있다고 하던데요?"

편의점 사장은 깜짝 놀랐다.

여기저기 확인했지만 그들은 이번 사건은 이길 수 있다면서 맡겨 달라고만 했다. 그런데 노형진은 절대 못 이긴다고 못을 박은 것이다.

"그들은 그럴 수밖에 없습니다. 일단 착수금을 받은 뒤에는 알 바 아니기 때문이죠. 그러니 그렇게 쉽게 말할 수 있는 겁니다, 이길 수 있다고. 하지만 이건 저보다 뛰어난 변호사가 온다고 해도 절대 이기지 못합니다."

"끄응……."

일단 증인이 너무 많다. 그녀가 먼저 공격하는 것을 본 사람도 있고 편의점 내부에 설치된 카메라에도 그녀가 먼저 공격하는 게 찍혔다.

더군다나 편의점 내부가 환해 누구인지 알아보지 못했다고 거짓말할 상황도 아니었다.

"이건 빼도 박도 못하게 유죄입니다."

"헉!"

그 말에 두 사람은 숨을 삼켰다. 지금까지 노형진은 어떤 식으로든 길을 만들어 왔다. 그렇지만 단 한 번도 이건 빼도 박도 못하게 유죄라는 말은 한 적이 없었다.

"그럼…… 이게 소용이 없다는 건가요?"

"……."

실망하는 두 사람.

하지만 노형진은 그런 그들을 다른 시선으로 바라보았다.

"소용없는 건 아닙니다. 결과적으로 질 싸움은 져야 하는 거니까요."

"그런가요."

사장은 풀이 죽은 듯했다.

싹싹하고 바르게 생활하는 영주의 모습에 자기 딸 같은 생

각이 들어서 여러모로 신경을 써 줬다. 그런데 질 수밖에 없
는 싸움이라니.

"결국에는 집니다."

노형진은 그들이 너무 풀이 죽는 것 같아 기운을 북돋아
주기로 했다.

"하지만 얼마나 잘 지느냐가 관건이지요."

"잘 지느냐가 관건?"

"네, 이번 싸움은 얼마나 잘 이기느냐가 아닌 얼마나 잘
지느냐가 관건이 될 겁니다."

질 수밖에 없는 싸움. 그렇지만 노형진은 그걸 피할 생각
이 없었다.

⚖️

"자네가 해야겠나?"

"제가 이번 사건을 담당하는 게 별로이신가 봐요?"

그런데 의외로 송정한은 안타까운 눈치였다.

"솔직히 좋지는 못하네. 이런 지기 위한 재판은 타격이 크
다는 걸 알지 않나?"

"타격? 아아아."

이런 재판은 아무리 잘해도 질 수밖에 없다. 그렇다면 승
률이 낮아질 수밖에 없는 것이 현실.

당장 새론에서 최고의 승률을 자랑하는 노형진이지만 지게 된다면 주변에서 말이 나오는 건 어쩔 수가 없었다.

"그냥 다른 사람들에게 맡기는 게 어때?"

가장 좋은 것은 그냥 다른 변호사에게 맡기고 조언만 해주는 것이다. 그렇다면 진다 해도 노형진의 승률에는 변화가 없다.

"싫습니다."

하지만 노형진은 벌써 마음을 굳힌 상태였다.

"어차피 변호사들이라는 존재는 질 수밖에 없는 싸움에 임할 때도 있는 겁니다. 모든 사람이 다 억울한 게 법이라지만 누군가는 승리하고 누군가는 패배하는 것이 법이기도 합니다. 제 승률이 아까워서 어렵고 이길 수 없는 사건들을 다른 사람들에게 떠넘긴다면 자기 잇속만 챙기는 다른 변호사들과 다른 게 뭐가 있겠습니까? 결국은 패배는 피할 수 없습니다. 단순히 사건을 피해서 받는다고 피할 수 있는 게 아니지요."

"끄응……"

"이번 사건은 질 겁니다. 하지만 얼마나 잘 질 것이냐가 관건입니다. 비록 제 승률은 떨어지겠지만 그만큼 억울한 사람을 보호할 수는 있겠지요."

"하아, 자네가 그렇게 말한다면 말리지는 않겠네."

송정한의 입장에서도 노형진의 승률이 아깝기는 하다. 새론의 가장 강력하고 홍보 효과도 뛰어난 변호사가 아니던가?

"하지만 이번에는 진짜 힘들 거야. 너무 증거가 많잖아."

이것 빼도 박도 못할 정도로 사방에 증거가 널렸다. 피와 지문이 묻어 있는 몽둥이, 카메라에 찍혀 있는 모습, 병원에 입원한 피해자인 아버지.

"최소한 3년 이상은 나올 걸세."

더군다나 정당방어도 아니고 선제공격인 만큼 실형은 피할 수 없다.

"압니다. 이번에는 증거로 안 되니 다른 방법을 써야지요."

"다른 방법?"

평소 노형진은 강력한 증거와 이론으로 상대방의 논리를 무너트리는 것이 주특기였다. 그런데 다른 방법을 쓰겠다는 말에 고개를 갸웃하는 송정한.

"무슨 방법이 있단 말인가?"

"감정에 호소해야지요."

"감정에?"

"네."

"하지만 그건 자네가 가장 싫어하는 방법이잖나?"

노형진이 가장 싫어하는 것이 감정에 호소하면서 질질 짜는 것이다. 그런데 그 방법을 쓰겠다는 게 의외였다.

"네, 싫어합니다. 하지만 제가 싫어한다는 거지, 제 의뢰인을 위해 하지 못한다는 건 아닙니다."

변호사라면 자신이 원하든 원하지 않든 의뢰인을 위해서

는 자신의 스타일이나 고집을 꺾어야 하는 순간이 온다. 그리고 지금이 바로 그때였다.

"분명히 다른 사건은 증거로 싸우면 유리합니다. 하지만 이건 증거로 싸우면 도리어 불리합니다. 전 변호사지, 검사가 아니니 괜히 의뢰인의 형량을 높일 수 있는 위험한 행동은 하면 안 되지요."

"할 수 있겠나?"

송정한은 걱정스럽게 물었다.

노형진이 감정에 호소한 변론법을 쓴다고 하지만 지금까지 그 방법을 써 본 적이 없었기 때문이다. 즉, 경험이 없다고 생각하는 것이다.

"할 수 있습니다. 아니, 해야만 합니다."

한 가지 방법만 쓰는 변호사는 오래 버티지 못한다.

상황과 증거, 상대방이 쓰는 방법에 따라 방법을 계속 바꿔야 한다.

"하지만 쉽지 않을 텐데? 상대방은 검사와 판사일세. 이런 감정적 호소에 대해서는 한두 번 겪어 본 게 아닐 거야."

"압니다. 그러니 대상을 바꿔야지요."

"대상을 바꿔?"

"네."

그 말에 송정한은 고개를 갸웃했다.

재판은 판사와 검사, 변호사가 하는 것이다. 바꿀 대상이 없다.

"옛날에는 없었지요. 하지만 이제는 있습니다."

"있다?"

"네, 이번 사건 국민 참여 재판으로 가겠습니다."

"국민 참여 재판? 그거…… 위험한데……."

국민 참여 재판.

쉽게 말해서 미국에서 운영하는 배심원 제도이다.

그들이 참여함으로써 법의 투명성을 높이겠다는 의도하에 올해 막 도입된 제도이지만, 지금까지 단 한 번도 실행해 본 적이 없다.

"이번 사건이 대한민국 첫 국민 참여 재판이 될 겁니다."

그리고 그게 이번 사건의 승패를 가를 것이라 노형진은 생각했다.

⚖️

"죄송합니다."

"죄송할 건 없습니다. 전 돈 받고 일하는 변호사니까요."

전영주는 자신 때문에 벌어진 일이 미안한 듯 고개를 들지 못했다.

"제가 해 드린 것도 없는데."

"가끔은 그 존재만으로도 힘이 되는 사람이 있기 마련이죠."

힘든 야근과 직장 생활에서 찾아갈 때마다 알은척해 주면서 손님을 환영하는 직원을 찾기 힘들다.

하물며 수많은 사람들이 스치고 지나가는 편의점 알바다. 그 안에서 일일이 야근하는 직장인들에게 안부를 묻는다는 건 쉬운 일이 아니다. 그건 그녀 스스로도 열심히 했다는 증거다.

"어찌 되었건 이번 사건에 대해서는 제가 담당하게 되었습니다. 그런데 이야기는 들으셨습니까?"

"네…… 이길 수 없다고……."

검사가 전영주에게 구형한 처벌은 무려 징역 8년. 아무리 존속 상해가 강력 범죄에 속한다고 하지만 상당히 강력한 처벌이었다.

"이길 수는 없습니다. 하지만 형량은 최대한 깎을 수 있습니다."

"형량을 깎는다고요?"

"네."

보통 변호사들은 이렇게 이길 수 없는 싸움을 할 때 승리 보수의 조건을 바꾼다. 형량이 5년 미만이면 얼마, 3년 미만이면 얼마 같은 식으로 말이다.

'근데 그건 말이 안 되는 짓이지.'

애초에 피고인들이 변호사들을 고용하는 이유가 대부분 형량을 깎거나 무죄를 입증하기 위해서다. 그런데 다시 승리 보수라고 추가 비용을 요구하는 건 말도 안 되는 짓이기에 노형진과 새론은 형사사건을 맡을 때 승리 보수를 요구하지 않는다.

"문제는 그러기 위해서는 이번 사건 이전의 일에 대해 잘 알아야 한다는 것입니다."

"이번 사건 이전의 일이라니요?"

"피해자, 아니 당신 아버지에 대해서 말입니다."

"그 녀석에 대해서요?"

"네."

노형진은 그녀의 말에서 강한 분노를 느꼈다.

아무리 사이가 안 좋다고 해도 결국은 아버지는 아버지다. 그런데 아버지라 부르지 않고 그 녀석이라고 부를 정도면 엄청나게 미워한다는 뜻이다.

'하긴 그렇지 않다면 공격했을 리 없지.'

더군다나 단순히 싫어하는 게 아니라 그녀가 먼저 공격했다는 건 그럴 수밖에 없는 이유가 있다는 뜻이다.

"말해야 하나요?"

"네, 특히나 이런 사건은 더더욱 그에 대해 알아야 합니다. 그가 얼마나 나쁜 놈인지가 이번 싸움의 관건이니까요."

"이번 싸움의 관건?"

"네."

어차피 증거가 안 된다면 감정으로 호소해야 한다. 그리고 그런 그녀의 공격이 얼마나 정당한지가 중요해진다.

"말씀해 주십시오."

"꼭 해야 하나요?"

"네."

"하아……."

그녀는 잠시 한숨을 쉬었다. 아마도 생각도 하기 싫은 모양이었다. 그러나 어쩔 수 없다는 듯이 입을 열었다.

"그 인간, 그러니까 아버지라고 하는 인간에 대해 기억하는 건 제가 어려서부터였어요."

어째서 어머니가 그런 인간과 결혼했는지는 모른다. 그녀가 기억하는 가족이란 세계에서는 그런 이야기를 할 틈이 없었다.

"그는 매일같이 술을 마시고 들어왔지요."

나름 좋은 대학을 나왔다고 한다. 문제는 도리어 그게 독이 되었다는 것.

자신 스스로 일을 배우는 것이 아니라 내가 잘났으니 다른 사람들은 나만 따라오면 된다고 생각한 그는 직장에서 제대로 적응하지 못했다고 한다. 취업해도 채 3개월을 버티지 못했다. 자신의 능력을 알아주지 못한다고 3개월만에 때려치우든가 잘리든가 둘 중 하나였다.

"그때마다 술에 취해서 다녔어요. 세상이 자신을 몰라준다는 둥 세상은 썩어 빠졌다는 둥."

스스로 잘못된 것은 아니라며 언제나 그렇게 술을 마시고 불만을 이야기했다고 한다. 그리고 그게 아버지라는 인간에 대한 첫 기억이었다. 문제는 그렇게 술 마시고 주정하는 게 아니었다.

"문제는 술만 마시면 사람을 때린다는 거죠."

처음에는 술을 마시면 아무한테나 덤벼들었다고 한다. 그 때문에 어머니는 사방에서 돈을 빌려서 합의금을 내줘야 해서 집안은 점점 기울어 갔다.

실제로 처음에는 방 세 개짜리 집에서 살았으나 나중에 가서는 점점 작아져 마침내 지하 단칸방이 되었다.

"그러다가 일이 터졌죠."

술을 마시고 건드린 대상이 재수 없게 조폭이었던 것이다. 그건 단순히 합의금으로 해결할 수 있는 게 아니었다.

그래서 그는 그날 끌려가 무려 이틀간 개처럼 두들겨 맞고 왔다고 한다. 당연히 어머니는 또다시 돈을 빌려서 병원비로 써야만 했다. 그러나 그 인간은 퇴원하고 나서 은혜를 원수로 갚았다.

"다른 사람들을 때리기 무서워지니까 손대기 시작한 게 저와 엄마였어요. 매일같이 맞았지요. 술을 마셨을 때만 때렸지만 문제는 술에 취하지 않은 날이 1년에 열흘도 안 된다는 거였죠."

엄마는 자신을 감싸고 두들겨 맞느라 저항할 수조차 없었다.

"그러다가 결국 사업한다고 나섰어요. 하긴 남들과 어울리지 못하는 사람이 어떻게 취업을 하겠어요? 그런데 사업이라는 것이 그렇게 쉬운 게 아니잖아요."

사업하려면 직장인일 때보다 더 굽실거리면서 자신을 더욱 낮춰야 한다. 그러나 그가 그렇게 할 수 있을 리 없었다.

자신에게 일을 주지 않는다면서 소리를 지르거나 행패를 부리고 아무것도 모른다면서 애써 무시했다. 그렇게 몇 번 망했고 결국 가세는 완전히 기울어졌다.

"그리고 그때쯤 도박에 손대기 시작했죠."

우연히 간 하우스라고 불리는 사설 도박장에서 몇백을 따왔다고 한다. 그러자 그는 드디어 자신의 적성을 찾았다면서 뻔질나게 하우스에 다니기 시작했다.

'멍청하긴.'

원래 하우스 같은 도박장에서는 처음 온 사람에게 고의적으로 져 준다. 그래야 나중에 계속 오기 때문이다. 오자마자 계속 지기만 한다면 누가 도박하려고 하겠는가?

"결국 거의 모든 재산을 잃어버렸죠. 엄마는 화병으로 돌아가셨어요."

도박장에서 잃어버리면서 술을 마시고 와서 엄마를 두들겨 팼는데, 따면 땄다고 또 술을 마셨다. 그나마 따서 술을 마실 때는 두들겨 패지 않았기에 맞기 싫었던 전영주는 하느님에게 제발 돈 좀 따게 해 달라고 기도했다고 한다.

"그러다가 엄마가 돌아가신 뒤 폭력의 대상은 제가 되었죠."

그때가 중학교 3학년 때였다고 한다.

"그때부터 악착같이 돈을 모았어요."

대학에 입학해서 기숙사에 들어가면 다시는 보지 않아도 된다는 생각에 이를 악물고 맞아 가며 알바했다고 한다.

그렇게 3년.

드디어 수능을 봤고 지방 대학에 합격했다는 통지서를 받았다. 그런데 그게 실수였다.

"제가 알바하러 간 사이 합격 통지서가 집으로 온 거예요. 그걸 본 그 인간은 온 집 안을 뒤졌죠. 제가 그냥 수능을 보지는 않을 거라는 걸 알고는요."

그리고 결국 악착같이 벌어 둔 등록금 통장을 발견한 그는 당장 그걸 가지고 은행으로 갔다. 그는 아버지였기에 어렵지 않게 전부 찾을 수 있었고 전영주가 알았을 때는 그 돈의 대부분을 날린 후였다.

"그리고 그날 저녁에 전 가출했어요. 아니, 도망쳤죠. 남아 있는 돈을 모조리 들고 말이죠."

"음……."

노형진은 한숨이 나왔다.

'가치가 없는 인간들이 문제라니까.'

어떤 종교는 이렇게 말한다, 당신은 사랑받기 위해 태어난 사람이라고. 하지만 노형진이 보기에는 태어나서는 안 되는 진짜 쓰레기인 녀석도 있었다.

"그런데 왜 공격은 한 겁니까?"

"술을 마시고 왔더군요. 그 인간이 술을 마시고 어떤 짓을 할지는 너무 뻔했어요. 저야 그만두고 가면 그만이라지만 가게에까지 피해를 줄 수는 없었어요."

술을 마시고 왔으니 분명 돈을 내놓으라고 깽판을 칠 것이 뻔하다. 자신이야 한두 번 맞은 것도 아니니 그냥 맞아 줄 있다. 하나 문제는 그가 요구하는 돈이 자신이 가진 돈만 가지고 가려 하지 않을 것이라는 점이다. 분명 편의점에 있는 돈까지 달라면서 깽판을 칠 게 뻔하다.

"안 줬다면 기물을 다 부수면서 난리를 피웠겠지요."

경찰을 불렀다면 경찰이 올 때까지 몽땅 다 때려 부수면서 난동을 피울 테고 설령 잡혔다고 해도 그는 완전히 거지라서 못해도 수백만 원에 달하는 기물의 가격을 물어줄 능력이 되지 않을 것이다.

"그래서 공격한 거예요?"

"네."

"허……."

노형진은 그녀를 새로운 눈으로 바라보았다.

'강단 있네?'

보통 그런 삶을 살아온 사람들은 주눅이 들거나 그 내면에 어떤 어두움을 가지고 있어서 압력을 느끼는 것이 보통이다.

그렇기에 그걸 벗어나려고 노력하고 심지어 공격까지 한다
는 건 쉬운 일이 아니다.

실제로 매 맞는 아내들이 계속 생기는 건 그런 상황에서
있다 보면 벗어나는 것조차 포기하기 때문이다.

"즉, 어차피 말로 안 되니 거, 먼저 공격했다?"

"네, 최소한 남한테 피해는 주면 안 된다고 생각했거든요.
물론 그 죄가 그렇게 큰지는 몰랐지만요."

"후우."

하긴 존속 상해에 대한 처벌은 무척이나 강하다. 기본적으
로 대한민국은 유교 국가라 효를 중요하게 생각한다. 그러다
보니 아무래도 이런 존속 범죄에 대해서는 처벌이 강해지는
경향이 있다.

'그게 문제인데.'

존속에 대한 범죄에 대해서 상대방, 즉 국민 참여 재판에
나오는 사람들을 설득하지 못하면 까딱 잘못하면 소위 말하
는 패씸죄가 적용될 수도 있다.

즉, 4년 받을 것을 5년을 받게 될 수도 있다는 것이다.

"근데 진짜로 제가 8년이나 감옥에 가야 하나요?"

"글쎄요. 그건 아닙니다. 보통 검사들은 어느 정도 형량이
감형되는 걸 생각해서 구형하니까요. 이런 경우는 보통 3년
이나 4년이죠."

"하아."

한창 젊은 나이에 그렇게 오랜 기간을 감옥에 있으면 인생이 완전히 망가지는 것은 당연한 일.

"한숨 쉬지 마십시오. 그걸 막기 위해서 있는 게 변호사니까요."

어찌 되었건 그녀는 피해자다. 그저 지금까지 맞으면서도 참다가 한번 폭발한 것뿐이다. 게다가 상황이 이렇다면 폭발한 것도 아니다. 자신의 직장을 지키려고 한 행동일 뿐이다. 만일 돈을 줬다면 그는 계속해서 전영주를 찾아와서 돈을 요구했을 것이다. 그리고 주지 않았다면 술을 마시고 깽판을 치면서 편의점의 시설들을 파손했을 것이다.

'그리고 풀려나겠지.'

원래 술이라는 것은 가중처벌의 대상이 되어야 한다. 상식적으로 술을 마시고 범죄를 저질렀다는 건 실수로 인정할 수 있는 수준이 아닌 것이다. 그런데 대한민국에는 술만 마시면 실수라고 하면서 풀어 주는 고질적인 문제가 있었다.

"일단…… 전영주 씨의 말은 잘 들었습니다. 그럼 이제 전영주 씨를 꺼낼 일만 남았네요."

노형진은 머릿속으로 개략적인 그림을 그리면서 일어났다.

감정도 전략이다

　"일단 상대방, 즉 배심원들에 대해서 맞는 사건들을 모아
야 합니다."

　"응?"

　그 말에 송정한은 고개를 갸웃했다.

　이번 사건은 공식적으로 열리는 첫 번째 국민 참여 재판이
다. 그래서 대한민국에서 경험이 있는 사람이 아무도 없어서
조언해 줄 수조차 없었다. 그런데 의외로 이번 사건을 국민
참여 재판으로 가기로 한 노형진이 먼저 방법을 이야기하기
시작한 것이다.

　"배심원들에 대해 맞는 사건을 모아야 한다니?"

　"기본적으로 배심원들은 무작위입니다. 하지만 모든 사람들이 배심원이 되는 건 아니지요."

"응?"

"간단하게 말해서 현재 대한민국에서 국민 참여 재판은 처음 있는 일이고, 법이야 어찌 되었건 일반적인 회사원이 회사에 배심원을 맡기 위해 휴가를 내는 것은 불가능하다는 것입니다. 아니, 애초에 휴가를 낸다는 것 자체가 월차나 연차 등을 써서 나와야 하는 것인데 법원에 나오고 싶겠습니까?"

"흠…… 그건 충분히 공감이 가는데 그래도 안 나올 수는 없잖아. 국민 참여 재판 후보가 되었는데 안 나오면 벌금형 아냐?"

"그렇지요. 하지만 그걸 합법적으로 피하는 방법은 많습니다."

"어떤?"

"쉽게 말해 선입견이 있다는 이미지를 보여 주면 됩니다."

노형진은 모두에게 몇 장의 종이를 나눠 줬다. 그건 여러 가지 질문이 적혀 있었는데 그걸 본 사람들은 고개를 갸웃했다.

"이게 뭐야?"

"보다시피 국민 참여 재판 후보 등록 설문지입니다. 이 설문지를 보내면 사람들은 그에 답하고 그걸 보고 최종 후보를 선택합니다."

"아!"

그걸 읽어 보던 무태식은 노형진이 무슨 뜻을 하는지 알 수 있었다.

기본적으로 질문지의 목적은 배심원이 되는 사람이 선입견을 가지고 있는지 확인하는 것이었는데, 질문 중 몇 개는 아주 대놓고 그런 성향에 대해 물어보고 있었다.

"일반적으로 사회생활을 어느 정도 해 본 사람이라고 한다면 이런 질문이 목적으로 하는 것을 이해하지 못할 겁니다. 그리고 휴가를 내 가면서 배심원이 되고 싶어 하지는 않을 테니 분명 그런 식으로 대답하겠지요."

"그럼?"

"결과적으로 나중에 사회적으로 안정되고 수많은 사람들이 이 제도에 대해 알고 얼마나 좋은 제도인지 홍보된다면 모르겠지만 현재로서는 아무나 오지는 않을 거라는 거죠."

"호오?"

일단 지금의 상황이라면 실질적으로 일반적인 회사원은 오지 못한다고 봐도 무방하다.

"그럼 후보가 되는 사람들은 어떤 사람일까?"

"아마도 가정주부나 백수같이 상대적으로 시간이 좀 있는 사람들이어야 할 겁니다."

물론 회사에 휴가를 내고 올 사람도 있을지도 모른다. 하지만 그 수는 많지 않을 것이라 생각하는 형진이었다.

"그리고 그런 사람들은 적당히 걸러 낼 방법이 있습니다."

"방법?"

"기피죠."

"기피? 아! 그 방법이 있군."

기피 신청이란 검사와 변호사 측에서 이 사람은 어떠한 이유로 인해 선임했을 때 공정하게 판단하지 않을 거라고 생각되는 경우에 하는 것이다. 그렇다면 그 사람은 빠지고 다른 후보자가 올라오게 된다.

"끄응…… 너무 복잡하네요."

민시아 변호사는 고개를 흔들었다.

올해부터 국민 참여 재판이 시작된다고 해서 그냥 판단하는 사람들이 좀 늘어났다고 생각했다. 그런데 실제로는 그걸 감안해서 여러 가지 작전을 짜야 하는 상당히 복잡한 구조가 된 것이다.

"아무래도 처음이니까 다들 모를 겁니다."

미국이야 워낙 배심원 제도가 잘되어 있으니 문제 될 것이 없다. 하지만 한국은 이제 막 시작해서 아직까지 이런 것에 대한 방향이 잡혀 있지 않다.

"어찌 보면 새론이 도약할 수 있는 새로운 기회로군."

변호사들이 제대로 배심원 제도에 적응하려면 못해도 3년은 해야 할 것이다. 그것도 형사 쪽에서만 말이다. 만약 노형진처럼 여러 가지 준비를 하고 배심원의 성향까지 판단해 가면서 재판하려면 5년은 경험을 쌓아야 할 것이다.

"노 변호사가 제대로 체계를 잡아 둔다면 훨씬 나아지겠지. 도대체 이런 건 어떻게 배운 건가?"

"그냥 개인적으로 공부한 겁니다. 미국 쪽 사건들이 제법 재미있는 게 많아서요. 하하하."

"그래도 그렇지, 대단하네."

그런데 노형진은 회귀 전 미국에서 변호사 생활을 한 적이 있다. 그리고 미국은 배심원 제도가 무척이나 잘되어 있는 곳이기도 하다. 이는 즉, 그가 배심원을 이용한 공격이나 방어에 무척이나 능하다는 것을 뜻한다.

"확실히 그러네요. 다른 사람들은 적응하지 못하고 허둥대고 있을 때 우리가 능숙하게 변론에 사용한다면 사건들이 더욱 몰리겠지요."

물론 진짜 억울한 사람들만 올 가능성이 높다.

기본적으로 피고인 측이 배심원 제도를 선택할 권리를 가지고 있다. 자신이 억울하다면 배심원 제도에 대해서 거리낌이 없을 수밖에 없다. 하지만 반대로 자신이 진짜로 범인이라면 잘못해서 배심원 눈 바깥에 나기라도 할 경우 배심원들의 의견에 따라 유죄가 인정될 수도 있으니 배심원 제도가 부담스러울 수밖에 없다.

"제가 봤을 때는 이번 사건은 기본적으로 여성 사건으로 가야 한다고 생각합니다. 이번에는 배심원이 여성이 될 가능성이 높기도 하지만 추가적인 회피를 통해서도 여성을 배심원으로 선정하는 방향으로 가야 합니다."

"어째서?"

"기본적으로 이번 사건의 가해자는 전영주 씨입니다. 그리고 원래대로라면 피해자가 되어야 합니다. 하지만 가족이라는 특성, 제대로 피해자를 구제해 주지 않는 현대 법률의 특성, 과도한 방어 행위로 인해 가해자가 된 거죠."

"그렇지."

"그 부분을 여자들에게 직접적으로 어필해야 한다고 생각합니다. 피해자라는 이미지를 뒤집어씌우는 거죠."

"그럼 가해자는 누구야? 아버지? 그런데 그게 가능할까?"

어찌 되었건 이번에 아버지라는 인간은 피해자로 병원에 누워 있다. 그런 상황에서 그를 가해자로 몬다는 것은 자칫 잘못하면 역풍을 맞을 수도 있다는 것을 뜻한다.

"아니요. 이런 경우에는 가해자는 아버지가 아닌 정부와 사회가 되어야 합니다."

"엥?"

"네?"

"뭐라고?"

노형진의 말에 변호사들은 깜짝 놀랐다. 전혀 생각지도 못한 대상이 나왔기 때문이다.

"배심원들이 나온다면 그때부터는 변론의 방식이 바뀝니다. 지금까지는 한 번도 이런 일이 없었을 테지만 한번 보시고 제대로 확인해야 할 겁니다."

이것이 법이다

백문이 불여일견이라고 했다. 아무리 설명해도 이들은 이해하지 못할 것이기에 노형진은 직접 보여 주기로 결심했다.

⚖

드디어 시작된 재판.

증거를 모으는 것 자체는 어렵지 않았다. 어려울 수가 없었다. 모든 증거들이 이미 검찰의 손에 넘어간 상태였으니까.

하지만 노형진이 그동안 이번 사건과 관련 없어 보이는 증거들을 모으는 데에 집중했기에 이런 방식의 사건에 전혀 경험이 없는 새론의 변호사들은 이번 사건을 아주 조심스러운 시선으로 바라보고 있었다.

사실 모든 사람들이 다 그런 식으로 바라볼 수밖에 없었다.

"과연 노형진 변호사가 얼마나 잘해 낼까?"

"글쎄…… 한 번도 없었던 스타일이니 얼마나 잘할지는 해 봐야 알겠지."

대한민국에서 한 번도 없었던 배심원 제도. 그러니 노형진 역시 경험이 없을 거라 생각한 사람들은 대부분 이번에는 힘들 거라고 생각했다.

하지만 노형진은 그런 그들의 시선을 가볍게 무시하면서 재판정으로 들어갔다.

"개정하겠습니다. 검사 측, 발언하세요."

"친애하는 재판장님, 피고인은 피해자 전광한의 딸입니다. 피고인은 ○○월 ○○일 자신이 근무하는 편의점에 찾아온 아버지 전광한을 편의점 내부에 비치되어 있는 쇠 파이프를 이용하여 기습하여 전치 12주의 상해를 입혔습니다. 피고인은 피해자에 대한 부양의 의무를 가진 자임에도 불구하고 그 의무를 저버리고 도리어 존속에 대하여 극도의 공격성을 보이고 있습니다. 현재 피고인은 여전히 그 죄를 반성하지 아니한 채로 피해자에게 사과하지 않고 있고 피해자 역시 용서하지 않은 상황이므로 그 죄를 물어서 구형량 8년을 전부 인정하여 주시기 바랍니다."

장황한 말을 끝내고 다시 자리에 앉는 검사.

노형진은 그를 보면서 입맛을 다셨다.

'역시.'

개개인의 관계에 대해서는 관심이 없는 모양이다. 하긴 검사들이 그런 것에 관심을 가질 이유가 없기는 하지만 말이다.

'그랬으면 우리나라가 참 살기 좋은 나라가 되었겠지.'

"피고인 측, 발언하세요."

발언권이 넘어오자 노형진은 일어나서 주변을 바라보았다. 하지만 발언하는 방식은 검사와 전혀 달랐다.

"친애하는 변호사님 그리고 배심원 여러분."

검사는 습관적으로 판사만 바라봤지만 노형진은 이번에 설득해야 하는 대상이 배심원이라는 사실을 잊지 않았다. 그래서 배심원도 언급한 것이다.

"피고인은 분명 피해자를 공격했습니다. 그 부분은 부정할 수 없는 사실이며 또한 크게 잘못한 것입니다."

어차피 증거와 증인이 확실한 상황에서 부정해 봐야 사람들에게 분노만 일으킬 뿐이다. 그럴 때는 차라리 사과하고 고개를 숙이는 게 훨씬 좋다.

"하지만 그 죄를 벌하기 전에 어째서 그러한 일이 벌어졌는지 알아야 하는 것이 중요하다고 생각합니다. 죄는 미워하되 사람은 미워하지 말라는 말이 있습니다. 물론 모든 사람들이 선하다는 것은 아닙니다. 그렇지만 그 사람이 왜 그럴 수밖에 없었는지를 알아야 합니다. 모든 것에는 제 손에 들린 이 동전처럼 양면이 있습니다. 이 동전을 하늘로 던졌을 때 어느 쪽이 나오는지는 누구도 알 수 없지만 그 뒤에 어떤 이유가 숨어 있는지는 알아야 한다고 생각합니다. 피고인이 아버지라 불리는 존재를 공격했다는 사실은 인정하지만 왜 그럴 수밖에 없었는지 그 내면의 어려움을 살펴 주시기 바랍니다."

그러면서 노형진은 배심원들을 천천히 바라보았다.

'남자 두 명에 여자 다섯 명이라……. 나쁘지 않아.'

처음에는 남자가 다섯 명에 여자가 두 명이었다. 그런데 그는 기피 신청을 해서 남자 세 명을 걸러 냈다.

한 명은 현직 경찰이라는 부분이 문제가 되었고, 다른 한 명은 형제 중 한 명이 법조계에 있다 보니 어설프게 주워들은 것으로 인해 색안경을 쓰고 볼 수 있어 배제했다. 나머지 한 명은 학생이었는데 이유는 알 수 없지만 전영주에게 적대적인 느낌이 들어 제외했다.

'뭐, 기껏해야 여성 혐오증에 걸린 녀석이겠지만서도.'

다행인 건 검찰 측은 아직까지 이런 일에 대한 경험이 전혀 없어 다른 사람들은 걸러 내지 않았다는 것.

'남자 두 명은 나쁘지 않아.'

일단 여자들은 피해자가 얼마나 힘든 삶을 살아왔는지를 이야기하면 쉽게 감정적 동요를 할 것이다.

문제는 남자 두 명. 한 명은 군인이라 상대적으로 젊고 어린 전영주에게 유리할 판결을 할 가능성이 높고, 나머지 한 명은 고아 출신이라 자신을 버린 부모에 대한 증오를 품고 있기에 부모라는 이유로 피해자의 편을 들어 줄 가능성은 낮다.

"재판장님, 모든 것은 결과로 이야기해야 합니다. 피고인이 공격한 것과 그 결과 아버지가 다친 것은 부정할 수 없는 현실입니다. 갑제 1호증을 봐 주시기 바랍니다. 그 당시 편의점 내부에 설치된 카메라에 의해 촬영된 영상입니다. 해당 동영상을 보시면 문을 열고 들어오는 피해자가 보입니다. 그리고 피고인은 그에게 나가라고 하는 것이 보입니다. 보다시피 그 소리는 녹음되지 않았지만 두 사람의 감정은 극도로 격해진 상태로 보입니다. 그런 상황에서 피해자가 나가자 피고인은 잠시 주저하는 듯하더니 쇠 파이프를 들고 바깥으로 나갔습니다. 명백하게 상해의 목적을 가지고 나간 것입니다."

검찰이 사실에 기반하여 말하자 자신이 저질렀던 일이 다시금 마음에 와 닿았는지 전영주는 고개를 숙였다.

"보다시피 피고인은 명백하게 공격의 의사가 있었습니다. 그 사건이 벌어진 후에도 지금까지 피해자이자 아버지인 전광한에게 아무런 사과나 반성의 모습을 보여 주지 않고 있습니다. 갑제 2호증을 봐 주시기 바랍니다. 보다시피 이 쇠 파이프는 일반적으로 사용하는 공사용 파이프가 아니지만 충분히 상해를 입힐 만한 위력을 가지고 있습니다."

봉투에 담긴 증거를 횡횡 소리가 나도록 휘두르는 검찰.

"그 부분은 인정합니다. 하지만 왜 공격했는지 알아주시기 바랍니다. 피고인이 왜 그 편의점에서 일하고 있는지 아는 분 계신가요?"

그 말에 배심원들은 고개를 갸웃했다. 그런 것까지 신경 쓰는 사람은 없었다.

"이 주소를 봐 주시기 바랍니다. 피해자, 즉 피의자의 아버지의 주소는 경남 창원입니다. 그에 비해 피고인은 서울에 있는 모 고시원으로 되어 있습니다. 피고인은 서울에서 생활한 기간이 무척 오래되었습니다. 그럼에도 불구하고 주소 이전 자체는 얼마 전에 했습니다. 왜 그럴 수밖에 없었을까요?

관련 증거 하나를 제출하고자 합니다."

노형진은 재판장에게 한 장의 종이를 내밀었다.

"국성대학교 합격 증서입니다. 피고인은 국성대학교에 합격하고도 결국 대학 진학을 포기할 수밖에 없었습니다. 해당 내역은 국성대학교에 확인한 것입니다. 어차피 국성대학교는 서울에 있는 대학교입니다. 만일 여건이 되었다면 아르바이트를 하면서 국성대학교의 학생을 다닐 수도 있었을 것입니다. 하지만 왜 그러지 못했을까요?"

노형진은 이야기하면서 판사가 아닌 배심원들을 바라보았다. 그리고 그들 한 명 한 명과 눈을 마주쳤다. 여전히 판사만 바라보는 검사와는 상반된 행동이었다.

'개인보다는 집단이 더 편하지.'

어차피 판사는 닳고 닳아서 이런 것에 감정적 동요를 하지 않는다. 하지만 배심원들은 아니다.

'그들에게 감정적인 동질감을 이끌어 내야 한다.'

그래서 노형진은 그들과 눈을 하나하나 맞추면서 그들에게 감정을 최대한 어필했다.

"피고인 전영주는 중학교 시절부터 활동하면서 돈을 모아 대학 등록금을 준비했습니다. 오로지 단 하나, 대학에 입학해 그의 집에서 벗어나기 위해 말입니다. 국성대학교 역시 충분히 대학 내 기숙사 신청 자격이 되는 점수로 합격했습니다. 검사 측은 그 사실을 아십니까?"

이것이법이다

그 말에 검사는 얼굴을 찌푸렸다. 당연히 알 리 없다.

"그러한 사건은 이번 일과 상관이 없는 일입니다."

"일견 그렇게 보입니다. 하지만 인과관계를 봐야 합니다. 왜 피고인이 공격할 수밖에 없을 만큼 아버지라는 존재를 증오하게 되었는지를 알아야 합니다. 배심원 여러분들은 아버지가 미운 적이 없습니까? 없지는 않을 것입니다. 하지만 그 감정이 평생 간다는 것이 이상하지 않습니까? 단순히 피고인이 못나서 그 감정을 가졌을까요? 아닙니다. 여기 주변 사람들의 탄원서가 있습니다. 물론 수많은 사건에서 수많은 탄원서들이 올라옵니다. 하지만 이 탄원서에 적힌 이름을 봐주십시오. 같은 회사도, 같은 고향 사람도, 이해관계가 있는 것도 아닙니다. 그저 같은 지역에 있는 직장을 가지고 있으며 편의점의 종업원과 손님이라는 관계로 만나서 안면만 있을 뿐입니다. 그럼에도 불구하고 여러 사람들은 자발적으로 탄원서를 내준 것입니다. 누군가 써 달라고 부탁한 것도, 회사 차원에서 내준 것도 아닙니다. 그런데 심지어 자발적으로 변호사비까지 모금하여 지원해 주고 있습니다. 과연 피고인이 바르지 않은 사람이라면 이렇게 수많은 사람들이 그녀를 위해 탄원서를 제출했을까요? 검찰이 제출한 증거는 명확합니다. 분명 공격 행위가 이루어졌습니다. 하지만 왜 그런 일이 벌어졌는지 알아주시기 바랍니다."

노형진은 그 말을 마치고 배심원들의 얼굴을 찬찬히 바라보기 시작했다. 그리고 속으로 쾌재를 불렀다.

'성공했다.'

만일 냉철한 사람이었다면 과거는 과거일 뿐, 이번 사건과 관련이 없다고 딱 선을 그었을 것이다. 하지만 배심원들은 대부분 의아한 표정을 짓거나 전영주에게 측은하다는 표정을 짓고 있었다.

'책임이 이제 저쪽으로 넘어갔어.'

공격한 것은 이쪽이지만 이 말 한마디로 그 공격을 할 수밖에 없었던 사정을 어필할 수 있게 되었다.

"그러한 사항은 이번 사건과는 전혀 관련이 없는 과거의 일일 뿐입니다."

검사는 그제야 이상하다는 것 느끼고 선을 그으려고 했지만 이미 마음 한구석에서 동정심을 느끼기 시작하는 배심원들의 마음을 돌리기에는 너무 늦었다. 노형진은 기회를 놓치지 않았다.

"재판장님, 피고인 전영주를 증인으로 신청합니다."

"인정합니다. 피고인, 증인석에 올라오십시오."

판사는 잠시 고민하는 듯하더니 고개를 끄덕거렸다.

안 그래도 한국의 첫 번째 국민 참여 재판인지라 부담스러운 판결을 내려야 하는 상황에서 노형진의 말이 더욱 부담으로 다가왔던 것이다.

전영주가 증인석으로 올라오자 노형진은 그녀에게 다가갔다.

"피고인, 피고인은 피해자를 공격했습니까?"

"네."

"……?"

그의 질문에 판사는 약간 당황했다. 그런 질문은 검사가 하는 거지, 변호사가 하는 질문이 아니었기 때문이다.

하지만 노형진이 아무런 생각 없이 그런 질문을 한 게 아니었다.

"그럼 그만큼 피해자와 사이가 안 좋았네요?"

"네."

"어째서죠?"

"그는 아버지로서 실격 그 이상이었습니다."

"보통은 그런 소리까지 하지 않습니다. 그렇다면 왜 그런 말을 할 수밖에 없었는지 말해 주시기 바랍니다."

노형진이 말할 기회를 주자 그녀는 천천히 자신에게 벌어졌던 일을 줄여서 말했다. 처음부터 끝까지 자세하게 이야기하려면 못해도 몇 시간은 걸릴 기나긴 이야기였지만, 재판 전에 노형진과 이야기를 최대한 깔끔하면서도 정확하게 전달할 수 있도록 다듬은 상태였다.

"그러니까 증인은 아버지라는 인간이 그동안 모아 둔 등록금을 모조리 도박으로 날린 사실을 알고 집에서 도망쳐 나왔다는 거네요?"

"네, 다행히도 얼마 후 성인이 되었구요. 그 사람이 다시 찾아올 거라 생각하지는 못했습니다."

"그렇군요. 그렇지만 그게 공격의 이유가 되지는 못하는 걸 알 텐데요? 만일 찾아왔다면 일단 돈을 주고 그곳에서 도망치면 그만 아닌가요?"

그 말에 배심원들조차 고개를 갸웃했다. 아무리 봐도 그런 건 검사가 할 질문이다. 그런데 아까도 그러더니 또다시 피고인에게 공격성 질문을 하는 것이 아닌가?

"일반적인 경우였다면 그랬겠지요. 하지만 그럴 수가 없었습니다."

"그럴 수가 없었다?"

"네, 그 사람의 행동에 대해 알고 있었으니까요."

"그 사람의 행동에 대해서 알고 있었다? 무슨 뜻이죠?"

"그 사람은 그곳에 온 이상, 단순히 제가 가진 돈으로 만족할 인간이 아닙니다. 따라서 그곳에 있는 모든 돈을 다 요구했을 테고, 거절했다면 집기들을 파손시켰을 겁니다. 하지만 그곳은 물건을 파는 편의점이라 할지라도 저에게는 소중한 직장입니다."

"그걸 어떻게 압니까?"

"그런 적이 있으니까요."

"그런 적이 있다?"

"네, 그는 집 근처 마트 같은 곳에 가서 툭하면 술이나 안주 등을 외상으로 요구했습니다. 하지만 그걸 갚으려고 하지도 않았지요. 만일 그쪽에서 거부한다면 집기를 파손하거나 진열 상품 같은 것들을 내던지면서 온갖 패악질을 다 저질렀습니다. 주변에서는 유명하죠. 그 때문에 제가 함께 있는 동안에는 제가 버는 돈의 상당 부분이 그 외상값을 갚는 데에 들어가곤 했습니다."

"재판장님, 피해자는 과거에도 주취 중에 마트 같은 곳을 공격하여 그 위험성을 증명하였다고 합니다. 이를 확인하기 위하여 피해자 전광한에 대한 범죄 사실을 조회하고자 합니다."

"알겠습니다. 신청서는 따로 접수하십시오."

노형진의 말에 고개를 끄덕거리는 판사.

노형진은 판사에게 말을 끝내고 배심원들을 바라보았다.

"보다시피 피고인이 이번 사건에서 먼저 공격한 것은 사실입니다. 그것은 부정할 수 없습니다. 그러나 아버지와 딸이라는 관계를 파탄되는 지경으로 내몬 것은 피해자인 전광한이고 도리어 피고인 전영주는 그가 만든 외상 내역을 스스로 변제하는 등 최대한 관계 유지를 위해 노력했습니다. 그럼에도 불구하고 그는 반성하지 않았으며 도리어 주변에 피해를 입혔습니다. 몇 년이 지난 지금 피해자에 대해 잘 알고 있는 피고인의 입장에서는 갑자기 나타나서 피해를 입힐 것이 뻔한 아버지를 직장인으로서 놔둘 수는 없었다고 생각합니다. 이상입니다."

노형진이 마지막 질문을 마치고 나가자 판사는 시선을 다시 검사에게 돌렸다.

"검사 측, 질문하세요."

"네."

질문하러 증인석 앞으로 나온 검사.

그는 전영주를 뚫어지게 바라보면서 입을 열었다. 아니, 입을 열려고 했다. 하지만 그다음 순간 입이 턱 막혔다.

"증인은……."

"……?"

"검사?"

하지만 검사는 대답하지 못했다. 당황했기 때문이다.

'젠장, 당했다.'

아까 전에 왜 변호사가 공격형 질문을 하는 건지 이해하지 못했다. 그런데 이번에 질문하려고 하니 할 말이 없었다.

워낙 증거 같은 게 명확한 사건인지라 딱히 질문할 게 없는데 그 얼마 없는 질문을 노형진이 먼저 던진 탓에 그걸 다시 질문하기가 뭐한 상황이 된 것이다.

'이런 젠장.'

물론 단순히 그것 때문에 당황한 게 아니다.

어차피 이런 사건은 질문이 한정될 수밖에 없다. 그렇다면 검사가 질문한다면 당연히 그 질문에 대해 답하는 순간 칼같이 끊어 버릴 것이다. 변명하거나 자신에게 유리한 추가적인 설명을 막기 위해 말이다. 하지만 노형진이 먼저 질문해서 변명할 수 있는 충분한 시간을 줌으로써 그럴 여지를 없애 버렸다.

'흥, 이제 알았냐?'

노형진은 당황하는 검사를 보면서 미소를 지었다.

'네가 다시 질문한다고 해도 바뀌는 건 없지.'

어차피 이 상황에서 검사가 할 수 있는 질문에는 한계가 있으니 그걸 질문한다 해도 아까 그 변명이 있어 답변을 한 것이나 마찬가지다.

즉, 공격성 질문이 공격성을 잃어버리게 되는 것이다.

"검사?"

"아…… 아닙니다. 질문이 없습니다."

당황했던 검사는 다시 돌아갔고 자리에 앉아서 한숨을 푹 쉬었다.

'제대로 당했네.'

공격이 때로는 방어라는 걸 그는 몰랐다. 다른 변호사들은 그저 자신들에게 유리한 질문만을 던지는데, 도리어 불리한 질문을 미리 던짐으로써 그가 하고자 하는 공격을 미리 방어했다. 쉽게 말해 공격하고자 하는 방향에 성을 쌓은 셈이 된 것이다.

'젠장.'

처음 당하는 상황에 검사는 짜증이 났지만 어찌할 수가 없었다.

"음……."

검사가 질문이 없다고 하자 배심원 측의 시선은 훨씬 노형진을 부드러운 시선으로 바라보기 시작했다.

"질문이 없다면 이 이상 할 말이 있습니까?"

판사도 그런 느낌을 받았는지 검사 측에 한 번 더 기회를 줬다.

"재판장님, 그런 경우는 분명히 존재합니다. 하지만 사람은 변하기 마련입니다."

검사는 다시 공격의 칼날을 세웠지만 이미 노형진의 함정에 말려든 상황이었다.

'그럴 줄 알았다.'

이런 상황이라면 솔직히 검사가 할 수 있는 공격이라고 해봐야 사람은 변하기 마련이니 아버지 역시 변해서 좋은 사람으로서 사과하러 간 거라고 주장하는 것뿐이다.

물론 당사자인 전광한이 무슨 생각으로 갔는지는 알지 못하지만 말이다.

'뭐, 당연히 돈 달라고 하려고 갔겠지.'

하지만 노형진은 벌써 그에 대해서 알아본 후라 그가 돈을 요구하러 딸을 찾아갔다는 사실을 거의 확신하고 있었다.

"시간은 약이라는 말이 있습니다. 당연히 시간이 지날수록 사람은 변합니다. 혹시나 사무친 그리움으로 딸을 찾아갔는데 다짜고짜 공격한 것이라면 피해자의 상심이 얼마나 크겠습니까?"

검사는 화려한 말로 판사와 배심원들의 마음을 돌리려고 했다. 도리어 상황이 바뀌면서 저쪽에서 감정에 호소하는 상황이 된 것이다.

물론 노형진이 그런 걸 예상하지 못한 것은 아니었다. 도리어 이번 재판은 노형진이 짜 둔 틀 안에서 철저하게 흘러가고 있었다.

"친애하는 재판장님, 그 부분에 대해서는 이견이 있습니다. 검사는 피해자가 바뀔 수도 있다고 합니다. 하지만 사람이 바뀌는 경우는 무척이나 드뭅니다. 설사 바뀐다고 해도 사람이 갑자기 급격하게 변하는 경우는 거의 불가능에 가깝습니다."

"급격하게라니요? 피고인이 피해자를 만난 것은 몇 년 전입니다."

"그렇지요. 무려 4년 전입니다. 하지만 주변 사람들은 아니지요."

"주변 사람들?"

"재판장님, 여기 피해자 주변 인물들에 대한 증언이 있습니다. 해당 지역 주민들은 수년간 해당 피해자의 난동을 겪어 왔습니다. 그중 일부를 확인하자면 아까 피고인이 말한 상가에 가서 외상을 요구하거나 난동을 부리는 것뿐만 아니라 근처에 있는 장례식장에 가서 마치 손님인 것처럼 가장하여 술을 마시고 난동을 부리는 등의 행위를 수차례 저질렀습니다."

"그건⋯⋯."

노형진은 검사가 그런 공격을 할 거라 생각했기에 미리 주변 인물들을 인터뷰해 충분한 기록을 확보한 후였다.

"아까 피고인의 범죄 사실과 더불어 해당 지역 경찰서의 긴급 출동 내역을 확인해 보면 최소 일주일에 1회 이상 피해자라고 하는 전광한으로 인해 경찰이 출동한 것으로 나옵니다. 마지막 기록은 사건이 발생하기 닷새 전입니다. 그리고 지역은 동사무소였습니다. 출동한 이유는 주취 난동으로 되어 있습니다. 아마도 동사무소에 피고인의 연락처를 확인하는 과정에서 술을 마시고 난동을 부린 듯합니다. 그런 사람이 단순히 닷새 만에 새로운 사람으로 다시 태어나서 바른 사람이 된다고는 보기 힘듭니다."

"음⋯⋯."

"그리고 사건 당일 내역 병원의 검사 기록입니다. 그중 일부를 발췌해 보자면 피해자는 후송 당시 후두부 골절과 뇌진탕이 있다고 되어 있습니다. 이는 명백하게 피고인의 행위로 인해 발생한 것이라 볼 수 있습니다. 한편으로 검사 결과에 따르면 알코올성 지방간에 심각한 알코올중독, 영양실조 등이 드러납니다. 일반적으로 이러한 수치는 제대로 된 영양 섭취 없이 대부분을 술로 때우는 노숙자들에게서 많이 나타나는 영양 상태입니다.”

“혈?”

심지어 영양 상태에 대한 조사까지 했다는 사실에 검사도 당황했다.

물론 검사도 피해자의 진단서를 증거로 가지고 오기는 했다. 하지만 그건 말 그대로 상해에 대한 진단서이지, 신체 전반에 대한 진단서는 아니었다.

“그리고 당일 의사의 기록을 보자면 ‘입원 환자 폭행 사건으로 입원. 후두부 골절 검사 내역 : 엑스레이와 CT 촬영. 환자 상태는 술에 취해 몸에서 심한 술 냄새가 남. 골절에 대한 시술 과정 중 마취의 필요성이 있었으나 알코올성 저항으로 인하여 마취할 때 상당한 고생을 하였음. 시술 과정에도 술에 취하여 저항함.’이라고 되어 있습니다.”

“그건 뭡니까? 진단서에는 그런 게 없었습니다!”

검사는 항의했지만 그게 잘못된 서류는 아니었다.

“진단서에는 말 그대로 공식적인 병명만 기입됩니다. 하지만 해당 서류는 병원 내부의 보고 서류로, 사건 전반에 대해 기록되어 있습니다. 외부에 병명만을 공개하는 것과 다르게 이것은 외부에서는 알 수 없는 현장의 자세한 상황까지 적습니다.”

“음…….”

“이 기록에 따르면 피해자는 당일 술에 취한 상태로 피해자를 만나러 온 것이라는 뜻입니다. 검사 측의 말대로 사과하러 왔다면 술에 취해서 오지도 않았을 테지요."

여러 가지 정황증거가 나올수록 책임은 점점 피해자 쪽으로 향하고 있었고 검사는 할 말이 없어졌다.

"더 이상 할 말이 있습니까?"

결국 검사가 한 말조차도 모조리 부정한 상황에서 재판은 더 이상 길게 끌 이유가 없어져 버렸다.

"없습니다."

검사의 말에 노형진도 고개를 끄덕거리면서 대답했다.

"없습니다."

"좋습니다. 배심원 분들은 평결을 해 주시기 바랍니다."

배심원들은 평결을 위해서 재판정 바깥으로 나갔다. 그러자 노형진도 재판정 바깥으로 나왔다. 그곳에는 여러 사람들이 노형진을 기다리고 있었다.

"특이하군."

송정한은 오늘 재판하는 걸 보면서 고개를 갸웃했다. 그럴 수밖에 없었던 것이 기존에 있던 방식과는 여러모로 달랐기 때문이다. 일단 설득 대상이 판사가 아닌 배심원이라는 것도 특이했고 그 때문에 공격이나 방어의 방식이 달라졌다는 것도 특이했다.

"이제는 익숙해져야 합니다. 형사사건은 가끔은 억울한 경우가 있죠. 그때는 배심원을 이용해서 최대한 어필해서 형량을 깎야 합니다."

"그런데 그게 효과가 없잖아요? 실질적으로 다른 나라처럼 배심원의 평결이 구속력을 가지는 것도 아니고."

가령 미국 같은 경우는 배심원들이 무죄인지 유죄인지를 결정할 수 있다. 만일 무죄라고 평결한다면 아무리 판사가 유죄의 심증을 가지고 있다고 해도 풀어 주고, 유죄라고 평결한다면 판사가 그에 맞는 형량을 결정하게 된다.

그에 비해 한국은 배심원의 결정이 구속력을 가지는 않는다. 설사 무죄로 배심원들이 평결한다고 해도 판사가 유죄로 결정하면 유죄인 것이다.

"그건 그렇지요. 하지만 최소한 압박은 됩니다."

"압박?"

"애초에 배심원 제도가 도입된 취지를 생각해 보면 그럴 수밖에 없지요."

한국에서 배심원 제도가 도입된 이유는 국민들의 법에 대한 감정과 실제 판결이 너무 달라 이 차이를 극복하기 위해서다.

가령 집단 폭행을 당하던 한 명이 앙심을 품고 누군가 한 명을 공격한다면 과거야 어떻든 그는 유죄다.

하지만 국민들의 입장에서는 먼저 공격한 사람이 나쁜 놈이지, 저항한 사람은 나쁜 놈이 아니다. 하지만 사회라고는 겪어 본 적이 없는 대다수의 판사들이 그저 법대로 판결해

도리어 피해자가 가해자가 되어 버리는 경우가 많았기에 그런 국민의 법에 대한 감정을 조절하기 위해 만든 게 국민 참여 재판이라는 것이다.

'문제가 없는 건 아니지만.'

한국은 국민 참여 재판의 선택은 피의자가 하게 되어 있다. 그러니 공분을 사는 강력 범죄들은 신청하지 않아서 도리어 형량이 깎이는 경우가 많다.

실제로 1천만 원을 훔친 도둑에게는 실형이 나와도 수천억을 빼돌린 기업가에게는 집유가 나오는 게 대한민국.

그들은 절대 국민 참여 재판을 신청하지 않는다. 국민들의 돈을 빼돌린 그들을 국민이 용서하지 않을 테니 말이다.

"일단 배심원들이 어떤 선고를 하는지는 모르겠지만 우리에게 유리하게 나온다면 아무리 판사라 해도 그걸 감안하지 않을 수는 없습니다."

만일 국민 배심원들이 무죄를 선고했는데 판사가 유죄를 선고한다면 그에 맞는 이유를 표기해야 한다. 그러다 보니 터무니없는 이유로 선처해 주지 못한다.

실제로 판사들의 그런 판결에 대해 거의 항의할 수 있는 구조가 아니다 보니 선처의 이유가 정상적인 것을 넘어서 봐 줄 만하니 봐준다는 식의 핑계까지 대는 것이 지금의 상황이었다.

"일단 판사야 어쩔 수 없이 유죄를 선고할 겁니다. 다른 증거가 명확하니 어쩔 수가 없어요. 하지만 배심원들이 다른 의견을 내놓으면 그걸 어느 정도 수용할 수밖에 없습니다. 애초에 민간의 법 감정을 수용하고자 만든 게 국민 참여 재판이니까요."

그 말에 송정한은 고개를 끄덕거렸다.

확실히 민간의 법 감정이 어느 정도 들어간다면 과거처럼 터무니없는 판결을 낼 수는 없을 것이다.

"결국 배심원들의 결정에 따라 달라지는 거군."

"그렇겠지요."

다만 이번 재판에 배심원들이 얼마나 이쪽에 동조했는지는 알 수가 없었기에 노형진 역시 긴장할 수밖에 없다.

노형진이야 이러한 재판에 대한 경험이 많지만 대한민국에서 처음 벌어지는 국민 참여 재판이라 배심원들이 전혀 알지 못하고 있다는 것이 문제였다.

"잘되기를 빌어야지요."

노형진이 할 수 있는 것은 그것뿐이었다.

⚖️

"배심원 측의 평결은 무죄입니다."

발표가 나오자 방청석에서 환호성이 터져 나왔다.

"만세!"

"와!"

모두 전영주를 지원해 주는 사람들이었다. 하지만 노형진은 방심하지 않았다. 아니, 방심할 수가 없었다.

'문제는 이제 판사.'

무죄가 나왔다 해도 결국 판결은 판사가 한다. 그리고 노형진이 아닌 대한민국 판사라면 유죄를 내릴 거라고 예측하는 것은 어렵지 않았다.

"이번 배심원들의 판단에 대하여…….."

드디어 판사의 판결이 떨어지는 순간, 사람들은 침을 꿀꺽 삼켰다. 대한민국 최초의 배심재판. 그에 대해 과연 판사는 무슨 판결을 내릴까?

"법원 측은 유죄로 판단합니다."

"아!"

"이럴 수가!"

사람들의 탄성, 아쉬움.

하지만 노형진은 실망하지 않았다. 사실 그건 너무나 당연했기 때문이다.

'중요한 것은 결국 승패가 아니라 형량이다.'

이번 사건은 질 수밖에 없다. 너무나 증거가 명확하니까.

중요한 건 형량이 얼마나 나오느냐다. 질 수밖에 없다면 최대한 잘 지는 쪽으로 나가야 하기 때문이다.

"그러나 피의자의 행실로 보아 원래 바른 사람이고 개정의 가능성이 높은 점, 또한 사건의 원인이 된 부녀 간의 불화가 피해자 전광한의 도박 및 알코올중독과 주취 중 발생한 다수의 폭행 사건 등으로 인한 점으로 보아 이번 사건에 대하여……."

계속되는 판결에 대한 근거들.

하지만 노형진의 귀에는 그런 말들이 들어오지 않았다. 오로지 단 하나, 형량만을 기다릴 뿐이었다.

그걸 다른 사람들도 아는지 모르는지 점점 조용해지고 있었다.

이윽고 판사는 잠시 말을 멈추고 헛기침을 하더니 최종 형량을 선고했다.

"징역 3년에 집행유예 4년을 선고합니다."

그 말에 노형진은 털썩 주저앉았다. 그러고는 안도의 한숨을 내쉬었다.

"휴우."

⚖

"수고했네."

"수고했어."

송정한은 깜짝 놀랐다. 이렇게 증거가 명확한 데다가 존속 상해라는 심각한 사건임에도 불구하고 집행유예를 이끌어낼 수 있을 거라 생각하지 못했던 것이다.

"결국은 졌네요."

"지기는. 이건 존속 상해 사건일세. 이런 사건에서 집행유예를 받아 낸 거라면 실질적으로 이긴 거야, 이 사람아."

집행유예란 말 그대로 범죄가 인정되고 형량도 정해졌지만 처벌을 유예한다는 뜻이다.

이 경우 징역 3년에 집행유예 4년이면 앞으로 4년 사이에 그 사람이 다른 범죄행위로 인해 처벌받는 경우 이번에 있던 3년을 함께 묶어서 처벌한다는 뜻이므로, 전영주가 조용히 살아가기만 한다면 4년이 지난 시점부터는 더 이상 처벌하지 않는다. 실형은 나왔을지언정 감옥에 가거나 생활 자체가 박살 나는 것은 아니라는 뜻이다.

"존속 상해 사건에서 집유를 이끌어 낼 것이라고는……."

그것도 작은 것도 아니고 상대방이 머리에 골절상을 입고 입원한 사건이다. 머리 골절은 다른 부위와 다르게 훨씬 처벌이 강하다. 다리나 팔은 다쳐도 생명에는 지장이 없지만 머리 골절은 다치면 생명이 위험할 수도 있기 때문이다.

"수고했네. 수고했어."

노형진에게 축하의 인사를 보내는 사람들. 그때 전영주가 눈물을 글썽이면서 다가왔다.

"노 변호사님, 너무 감사해요."

감옥에 갈 거라 생각했다. 그래서 이제는 모든 것이 끝났다고 생각했다. 하지만 감옥에 가지도 않았고 끝나지도 않았다. 과거처럼 다시 일할 수 있게 된 것이다.

"수고는 제가 한 게 아니라 영주 씨가 한 거죠."

전영주의 가정환경은 막장이나 마찬가지였다. 그런 상황에서 바르게 자라는 것이 얼마나 힘들겠는가?

그런데 그녀는 바르게 자랐다. 심지어 이번 공격도 원한이 아니라 자신의 직장을 지키기 위해서 벌인 것이다. 대부분의 사람들은 세상을 탓하면서 엇나갈 상황에서 말이다.

"수고하셨습니다."

노형진이 그런 그녀의 두 손을 잡자 그녀는 눈물을 펑펑 흘리면서 고개를 숙였다.

⚖️

얼마 후 노형진은 편의점으로 갔다가 카운터에 서 있는 사람을 보고 깜짝 놀랐다.

"사장님?"

분명 이 시간은 전영주가 일하는 시간이다. 그런데 그녀가 아니라 사장이 서 있는 것이 이상했다.

"이 시간에 어쩐 일이세요?"

"영주 씨가 사정이 있어서 못 나왔어요."

"그래요? 다행이네요. 난 또 영주 씨를 자른 줄 알았죠."

"정직원을 자르는 게 얼마나 힘든데요. 껄껄껄."

전영주가 편의점을 지키려고 싸웠다는 사실에 감동한 사장은 그를 정식으로 채용해서 매장의 매니저를 맡겼다. 그 덕분에 전영주는 더욱 열심히 일하고 있었다.

"그런데 어쩐 일인데요?"

보통은 어지간한 일이 아니면 쉬는 사람이 아니라는 사실을 알고 있는 노형진이 고개를 갸웃하자 사장은 씁쓸한 얼굴이 되었다.

"아버지가 죽었다는군요."

그 말에 노형진의 얼굴이 딱딱하게 굳었다.

"죽어요? 설마 후유증으로?"

그렇다면 전영주가 상당한 충격을 받을 것이다. 아무리 절연한 사이라고 하지만 자신의 손으로 죽였다고 느낄 테니 말이다.

"그건 아니고…… 병원에서 연락이 왔는데 탈출했다가 얼어 죽었다고 하더군요."

"탈출요? 얼어 죽어요?"

"네."

어찌 되었건 그녀가 가해자인 것이 맞으니 어쩔 수 없이 병원비를 내야 하는 건 사실이다. 그런데 어젯밤 그의 아버지인 전광한이 병원을 탈출한 것을 알았다고 한다. 환자들이 자주 자리를 비우기에 사라지는 것을 바로 알 수 없었던 병원은 새벽이 되고 나서야 그 사실을 알아채고는 경찰에 신고

하고 주변을 샅샅이 뒤졌다고 한다. 그리고 동이 틀 때쯤 그를 발견했다는 것이다.

"술 때문이라고 하더군요."

"으음⋯⋯."

알코올중독인 전광한은 병원에 있는 동안 엄청나게 고통스러워했다. 비록 싸웠다고 하지만 그래도 혹시나 전영주는 아버지가 알코올중독에서 벗어나지 않을까 하는 작은 기대를 하기도 했다. 하지만 그는 그걸 이겨 내지 못하고 바깥으로 도망쳐 술을 사 마신 뒤 길바닥에서 잠들었다고 한다.

"어제가⋯⋯ 엄청 추웠지요."

"그렇지요."

1월. 한겨울 밤의 추위는 엄청나다. 그런데 얇은 환자복 하나를 입고 밖으로 나간 것이다. 그 상태로 술에 취해 잠든 그는 다시는 일어나지 못했다.

"음⋯⋯."

"그래서 장례를 준비한다고 하더군."

"씁쓸하군요."

그 상황에서조차 아버지가 혹시 알코올중독에서 벗어나지 않을까 기대했던 전영주다. 공격한 것은 그가 주변에 행패를 부리는 것을 막기 위해서였지, 결코 그를 죽이기 위한 것이 아니었다.

"씁쓸한 일이지요."

"네, 그러네요."

술이라는 놈이 결국 목숨까지 빼앗아 갔다.

"조문이라도 가야겠네요."

노형진은 커피를 사 들고 나오면서 문득 하늘을 바라보았다. 그러고는 한숨을 푹 쉬다가 전화기를 들었다.

"여보세요? 아버지? 저, 형진이입니다."

성화의 반격

"참 가지가지한다."

노형진은 뉴스를 보면서 혀를 끌끌 찰 수밖에 없었다. 신문에는 나온 것은 어이없는 뉴스를 전하는 일종의 토픽이었는데 거기에 등장하는 사람이 아는 사람이었던 것이다.

"장갑수 이 새끼는 도대체 거기에 왜 간 거야?"

정치 면도, 사회 면도 아닌 토픽 면에 그의 이름이 올라간 것은 그의 황당한 죽음 때문이었다.

장갑수는 노형진이 군대에서 법무관을 하던 당시에 성추행하고 덮으려다가 노형진에게 걸려서 영혼까지 털리고 해직당한 대령이었다. 그 당시 그의 형이 현직 경기도지사여서 무척이나 입김이 강했지만 그 사건이 외부로 나가면서 그도 군대에서 해직당했을 뿐만 아니라 형까지 경기도지사를 뽑는 선거에서 탈락했다.

군대에서 쫓겨난 뒤 아버지연합이라는 괴상한 곳에 가입해서 여기저기에 시위하러 다닌다는 소리는 들었는데, 이런 황당한 죽음은 생각도 못했다.

"쯧쯧."

아버지연합이라는 단체는 극단적이다. 자기들의 의견에 반하면 무조건 빨갱이라고 덤벼든다. 그런 행동 중 하나가 바로 가스통을 들고 위협하는 것이다. 가스통은 터지면 폭탄 저리 가라 하는 무기가 돼서 당연히 엄청나게 위험하다. 그 덕분에 그들의 별명이 '가스통 할아범'이라고 불릴 정도다.

그런데 이 멍청한 장갑수가 진짜로 거기에 불을 붙여 버렸다는 것이다. 사실 아무리 멍청한 사람이라고 해도 위협으로 쓸지언정 실제로 가스통에 불을 붙이지는 않는다. 그건 명백하게 테러이기 때문이다. 그런데 그걸 안 상대방이 그를 무시하자 욱하는 마음에 진짜로 가스 밸브를 열고 불을 붙인 것이다.

문제는 그 후에 일어났다. 가스통을 들어 본 사람은 알지만 그 무게가 상상을 초월한다. 더군다나 그 형태상 쉽게 들 수 있는 것도 아니다. 당연히 그걸 여러 명이 들고 있는데 그가 진짜로 불을 붙여 버리자 깜짝 놀란 사람들이 그걸 놓고 도망가 버린 것이다. 가스 밸브를 열면 한쪽으로 가스가 나오기 때문에 누군가 잡아 줘야 하는데 사람들이 도망가 버렸으니 그대로 기우뚱하면서 불이 붙은 가스통이 그대로 쓰러졌는데, 하필이면 그 불이 나오는 방향이 장갑수가 있는 방향이었다. 장갑수는 그대로 불을 뒤집어쓰고는 비명을 지르면서 바닥을 굴렀지만 시위하던 사람이든 아버지연합 쪽 사람이든 가스통에 불이 붙었는데 거기서 얼쩡거릴 리 없었다.

결국 주변 사람들은 그대로 도망갔고 소방차가 황급히 왔지만 가스통이 터지면서 시체도 남기지 못하고 죽어 버렸단다. 가스통이 터지면서 주변 건물에도 엄청난 피해를 입힌 건 당연한 것이고 말이다. 그나마 가스가 분출되는 동안에 사람들이 도망쳐서 추가적인 사망자가 없다는 것이 다행이랄까?

"진짜 바보는 대책이 없는 건가? 어떤 미친놈이 가스통에다가 불을 붙여?"

성향에 대해서 뭐라고 하는 것이 아니다. 하지만 최소한의 안전 의식은 가지고 있어야 하지 않겠는가? 수백 명이 모여 있는 공간. 그것도 도심 한복판에서 작은 휴대용 가스통도 아닌 무려 100킬로그램짜리에 불을 붙이다니.

"멍청한 거야 알고 있었지만."

노형진은 혀를 끌끌 차면서 신문을 덮었다. 어차피 이제 죽은 사람인데 뭐라고 하겠는가? 불쌍한 것은 그의 가족이다. 들리는 얘기에 의하면 주변 상가 중 약 이백 채의 유리창이 박살 났다고 하는데 요즘은 상가의 벽 자체가 유리로 되어 있는 경우가 많다 보니 그 가격이 대체로 어마어마하다. 특히

통째로 유리 벽인 경우에는 수백을 호가하게 된다. 유산을 남기기는커녕 터무니없는 손해배상만 남겨 주고 죽은 것이다.

"쯧쯧."

노형진은 혀를 끌끌 차면서 다시 자리에 앉았다. 하루가 시작되었으니 다시 일을 시작해야 했다.

그때 갑자기 전화기가 울렸다.

"네, 노형진입니다."

"노 변호사?"

"아, 회장님."

전화를 건 사람은 다름 아닌 대룡그룹의 유민택 회장이었다.

"어쩐 일입니까?"

대룡그룹은 성화가 지배하고 있던 군납 쪽에 성공적으로 끼어들어서 야금야금 그들의 시장을 갉아먹고 있었다. 성화에서는 나중에야 사실을 알고 아차 했다.

하지만 워낙 많은 사람들이 잡혀 들어간 데다가 국정원으로부터 빨갱이라는 의심을 받은 터라 옛날처럼 로비해서 들어갈 수가 없었고, 설상가상으로 로비가 아닌 실력으로 들어갈 수 있는 중소기업들이 모조리 대룡에서 계약하는 바람에 군납 쪽 수익이 엄청나게 줄어들고 있다고 들었다.

"문제가 생겼네."

"문제요?"

"그래, 이쪽으로 와 줄 수 있겠나?"

"바로 가겠습니다."

노형진은 얼굴을 찌푸리면서 전화를 끊었다. 예의가 없는 행동이지만 유민택이 뭐라고 하지는 않을 것 같았다.

'무슨 일이지?'

특별한 경우가 아닌 이상 유민택은 직접 전화하지 않는다. 할 이유가 없다. 비서를 통해 약속을 잡은 뒤에 통화하거나 비서를 통해 직접 와 달라고 하면 되니까. 그런 유민택이 직접 전화하는 것은 전화하는 상대방이 무척 거물이거나 상황이 아주 급할 때뿐이다.

'첫 번째는 아니고······.'

아무리 유민택을 도와줬다곤 하지만 그가 직접 전화할 정도로 거물인 건 아니다. 그렇다면 나머지는 하나뿐. 대룡에 무척이나 급한 일이 터진 것이다. 그것도 유민택이 비서를 통하는 시간조차 아까워할 만큼.

"이봐, 노 변호사? 어디 가?"

갑자기 노형진이 사무실에서 나오자 마침 바깥에 있던 송정한은 고개를 갸웃했다.

"대룡에 일이 터졌습니다. 오늘 재판에 다른 사람을 보내주십시오. 아니면 기일 변경을 신청하시든가요."

그 말에 송정한의 얼굴이 딱딱해졌다. 대룡은 새론의 가장 큰 거래처이자 가장 중요한 우방이다.

"일단 나도 가 봐야겠네."

"저한테 개인적으로 연락하신 걸 보니 아직은 외부에 알릴 상황은 아닌 듯합니다."

"음……."

그 말에 송정한은 신음성을 흘렸다. 아주 중요한 문제가 생겼다는 뜻인데 그걸 공개하기가 부담된다는 거라면 재판하기가 애매해질 수도 있다.

'노형진이라면…….'

몇 번의 사건 해결과 조언으로 인해 노형진에 대한 유민택의 믿음은 강해졌다. 그래서 문제를 해결하기 위해 그를 불렀으니 기분 나빠할 상황은 아니다.

"알았네. 내 다른 사람에게 말해 두지."

"죄송합니다."

"아닐세. 자네는 어서 가 보게."

"네."

황급하게 나가는 노형진을 보면서 송정한은 걱정스러운 얼굴이 되었다.

"부디 큰일이 아니어야 할 텐데."

"회장님."

"어서 오게, 노 변호사."

노형진이 도착하자마자 입구에서 기다리던 비서실장은 그를 회장실로 데리고 갔다.

회장실에서는 유민택은 잔뜩 찡그린 얼굴로 뭔가를 보고 있었다.

"무슨 일이신가요?"

분명히 무슨 일이 있다고 생각했다. 그가 아는 유민택은 절대 경거망동하는 사람이 아닌데 누가 봐도 다급해 보였기 때문이다.

"성화에서 우리한테 제대로 한 방 먹였네."

"네?"

성화에서 뭔가를 한다는 낌새는 전혀 느끼지 못하고 있었다. 아무래도 기업의 싸움이라는 것은 상대 기업의 시장점유율을 빼앗음으로써 그 기업을 시장에서 퇴출시키는 것이 보통이다. 그러다 보니 급하게 해도 되지 않는다. 이를 반대로 말하면 아무리 철저하게 한다고 해도 시간이 걸려 이렇게 처음부터 크게 당할 일이 아니라는 것이다. 나중에 점유율을 빼앗길지언정 나타나자마자 점유율이 확 올라갈 수는 없으니까.

"도대체 무슨 일입니까? 국방부 쪽에 또 뇌물이라도 쓴 건가요?"

그렇다면 군납권을 다시 가지고 갈 수도 있다.

'그건 힘들 텐데?'

그런데 아직 그렇기에는 시간이 얼마 안 지났다. 더군다나 기존에 받던 사람들이 죄다 간첩 혐의로 수사받은 상황에서 단시간 내에 뇌물로 상황을 역전시킬 수는 없다.

"도대체 어떻게 공격한 겁니까? 테러를 한 건 아닐 테고."

지난번에 은근슬쩍 방사능 공격을 당한 뒤 대룡에서는 보안을 극도로 올렸다. 거래 회사가 성화와 거래하는 경우에는 몇 번이나 물건을 확인할 정도였다. 만일 성화와 거래하는 것을 비밀로 하는 경우 거래를 끊는 것도 불사했다. 그만큼 아파트 하나에서 방사능이 나왔다는 것으로 허물고 새로 짓는 것은 막대한 피해가 발생하는 일이었다.

"사용 금지 가처분 신청을 당했네."

"사용 금지 가처분 신청요?"

사용 금지 가처분 신청이란 쉽게 말해 어떠한 물건이 권리를 침해하니 그 권리 관계가 명확하게 설정될 때까지 사용하지 못하도록 하는 것을 말한다.

"그건…… 좀 큰 문제군요."

만일 사용 금지 가처분 신청이 통과되면 공장에서는 생산을 멈춰야 하고 물건을 계약한 사람들에게는 돈을 환불해 줘야 한다. 당연히 그게 길어지면 생각보다 심각한 문제가 된다.

그런데 생각하던 노형진은 고개를 갸웃했다.

"다른 건 없습니까?"

기본적으로 그런 일에 대비해서 기업들은 여러 가지 디자

이것이법이다

인에 성능을 가진 물건을 만든다. 그러니 그런 걸 건다 해도 결국에는 한계가 있기 마련이다. 그런데 그게 유민택이 당황할 정도로 놀란 일일까?

"그게 우리가 개발한 기술이란 말일세. 처음으로 도입하는 거라 사용이 금지되면 못해도 5천억대 손해가 날 거야. 아니, 공장 부지나 건설 기계 제작까지 생각하면 더 클 수도 있네."

"음……."

그 말에 노형진은 신음성을 흘렸다 그렇다는 건 아주 새로운 기술이라는 건데.

'이때쯤 나온 기술이 뭐가 있지?'

노형진은 얼리어답터, 그러니까 신기술에 열광하는 사람은 아니다. 그러다 보니 새로운 기술이 뭐가 있는지 알 수가 없었다.

"그 기술이 뭡니까?"

"정전기식 터치네."

"정전기식 터치?"

"자네도 알다시피 미국에서 와이폰이 들어올 준비를 하고 있지 않은가?"

"그렇지요."

2008년은 미국에서 대한민국에 와이폰3이 맨 처음 들어온 시기다. 그동안 피처폰으로만 버티던 대한민국 통신 업계가 충격받았던 시기인 동시에 수많은 기업들이 휘청거렸던 시기이기도 하다. 워낙 피처폰, 그러니까 과거처럼 접는 방식과 와이폰의 성능 차이가 커서였다.

일단 피처폰은 화면도 작고 확대도 안 되고 카메라도 구린데다가 데이터 요금이 엄청나게 비쌌지만 와이폰은 화면도 크고 와이파이가 있으면 인터넷도 무료이다 보니 엄청난 충격을 주었다.

애초에 와이폰을 한국에 들어오지 못하게 막은 이유가 대한민국 기업들이 저항할 수 있는 환경을 만들어 주기 위해서였다. 그러나 통상 압력은 엄청났다. 그런데도 대한민국 기업들은 뭉그적거릴 뿐, 제대로 준비조차 하지 않았다. 언제까지고 정부가 막아 줄 거라고 믿었던 것이다.

결국 정부는 포기하고 시장을 열었다. 그래서 모 기업에서 만든 것이 윈니아라는 모델이었는데 쓰레기라는 악평만 들었다.

"대룡은 핸드폰 쪽에는 손대지 않잖습니까?"

"그거야 기존 피처폰 시장은 거상이나 다른 거대 기업들이 잡고 있으니까 그렇지. 그런데 와이폰으로 불리는 스마트폰 시장은 아예 새로운 시장 아닌가? 그래서 우리가 준비를 좀 해 왔다네."

"음......."

노형진은 그 말이 이해가 갔다. 나이를 먹었지만 사업적

감각은 여전히 발군인 사람이 바로 유민택이기 때문이다.

"그래서 준비한 게 정전기식 터치 방식이란 말이죠?"

"그러네."

노형진은 잘 모르지만 기존에 있던 모든 스마트폰이나 기타 화면 인식 방식은 압력식이라고 하는, 말 그대로 화면에서 느껴지는 압력을 측정하여 인식하는 것이었다. 문제는 터치감이 좋지 않은 데다 쉽게 고장 나서 전혀 엉뚱한 곳을 인식하는 문제가 자주 발생한다는 것.

유민택은 그 부분에 착안하여 터치감 좋은 스마트폰을 개발하려 했고 그 결과물이 정전기식 터치 방식이었다. 그리고 그건 모든 스마트폰뿐만 아니라 여러 가지 화면 인식 방식에 도입되었다.

'그게 여기서 개발한 거였나?'

아마 그럴 가능성이 높다. 성화 역시 핸드폰을 만드는 곳은 아니지만 새로운 핸드폰을 들고 나왔고 그게 한국에서 3대 스마트폰 회사 중 하나로 성장하는 원동력이 되었다.

'그러고 보니……'

자세한 기억은 아니지만 주변에서 성화에서 개발한 핸드폰이 유독 터치감이 좋다고 하던 것들이 기억났다.

'아마도…… 성화한테서 되찾아오지 못한 모양이군.'

이때쯤이면 슬슬 대룡이 걷잡을 수 없이 무너질 때였다. 유민택은 죽었고 유상호는 작정하고 대룡그룹을 망가트리고 있는 상황이니 기술을 빼앗겼다고 해도 되찾을 수 있을 리가 없다. 그렇다면 원래 대룡에서 나와야 하는 핸드폰이 성화에서 나온 것도 이상할 게 없다.

"도대체 어떻게 빼앗긴 겁니까?"

"연구 팀장이 성화의 인간이었네."

이쪽에서 연구한 자료를 차근차근 그쪽에 넘겼다고 한다. 한꺼번에 빼돌리면 티가 나기 때문이다. 그리고 최종 제작이 끝나고 마지막 테스트가 남은 시점에서 남은 자료들의 특허를 자신의 이름으로 등록한 후 그 특허를 성화에 넘긴 것이다. 기존에 받았던 기록을 바탕으로 생산 공정을 미리 준비한 상태였던 성화는 특허를 넘겨받고 본격적으로 스마트폰을 만들려고 하는 것이고.

"소송으로 찾아올 수 있을 것 같은데요?"

"소송이 문제가 아닐세. 얼마 후면 와이폰이 들어온단 말일세. 이런 상황에서 가장 중요한 것은 점유율일세."

"점유율요?"

"그러네. 당장 와이폰이 들어온다면 누가 피처폰을 사겠나? 당연히 스마트폰으로 갈 걸세. 하지만 스마트폰은 싼 가격이 아니지. 보통 3년 약정으로 묶인다는 거네."

"음⋯⋯."

즉, 3년간 핸드폰을 바꾸지 못한다는 뜻이다. 만일 어찌어찌해서 낸다고 해도 이미 와이폰이나 성화에서 만든 스마트폰에 점유율을 빼앗긴 상황이라면 그 3년이라는 공백이 생길 수밖에 없다. 문제는 그 3년이라는 시간이면 아예 새로 시작되는 시장인 스마트폰 시장에서 치명적인 타격을 입을 수도 있다.

"몇 년간 투자한 비용과 공장 설치비, 기계 제작 비용을 모조리 날려 버릴 수도 있다는 걸세."

유민택이 다급할 수밖에 없었다. 만일 이제 시작하는 시장에서 초반 점유율을 빼앗기게 된다면 그걸 되찾기 위해 3년이 아닌 10년이 걸릴 수도 있다.

더군다나 와이폰이 들어오는 것은 올해다. 당장 내년만 해도 어떻게든 재판해서 되찾아 올 수 있는데 와이폰이 들어오는 시점에 성화에게 이렇게 손발이 묶여 버리면 엄청난 피해를 입을 수밖에 없다. 그렇다고 압력식을 쓰자니 압력식의 특허는 와이폰을 개발한 와이플이 가지고 있는데, 이제 막 한국에 들어오는 그쪽이 경쟁자가 될 수 있는 대룡에 그걸 쓰게 줄 리가 없다.

'그렇다고 성화가 공장을 만드는 건 아닌 것 같은데.'

원래 역사대로라면 지금쯤이면 성화가 와이폰에 대항하기 위해 개발한 성화의 스마트폰인 블루씨 시리즈가 나와야 한다. 하지만 역사와 다르게 대룡이 넘어가지 않고 도리어 치열하게 싸움으로써 자금이 부족한 성화 역시 기술은 빼앗을지언정 공장이나 스마트폰 제조 공정은 미처 준비하지 못한 상황이었다.

"그럼 성화는 핸드폰 시장에 끼어들 여력이 없는 거군요."

"그러네. 그럼에도 불구하고 사용 금지 가처분 신청을 냈다는 것은 결과적으로 우리더러 엿 먹으라는 거지."

만일 대룡에서 스마트폰을 개발하지 못하면 유일하게 들어와 있는 와이폰이 시장을 다 집어삼킬 것이다. 다른 스마트폰 회사는 원니아를 개발한 지 한 달도 안 돼서 쓰레기 취급을 받으면서 쫄딱 망하기 때문이다.

"미쳤군."

만일 성화의 계획대로라면 대한민국은 자국 내 시장을 그대로 들어서 와이폰에게 갖다 바치는 꼴이 된다. 원래 역사에서 대한민국은 와이폰과 더불어 치열한 4대 핸드폰 시장 중 한 곳인데 말이다.

'자신들이 이기기 위해서는 한국 경제가 어떻게 되든 상관없다 이건가.'

하긴, 스마트폰 시장을 대룡에 넘겨주기에는 너무 크다는 사실을 알고 있으니 어차피 내가 먹지 못하는 것, 남도 먹지 못하게 하려고 방해하는 것이리라.

"빠른 시간 내에 사용권을 찾아와야 하네."

당장 지금부터 홍보하고 생산에 들어가야 와이폰이 들어오기 전에 판매를 시작할 수 있다. 최소한 그 전에 이름이라도 알려야 한다. 하지만 이런 기술 소송은 짧게는 2년, 길게는 3년 가까이 걸리니 실질적으로 기술을 찾아오는 것은 불가능하다는 뜻이 된다.

설사 되찾아 온다고 해도 결과적으로 점유율을 빼앗긴 대룡은 와이폰과 피 터지는 싸움을 해야 하니 성화는 대룡의 돈과 시간을 빼앗음으로써 충분히 타격을 줄 수 있다.

"성화와 협상해 보는 건 어떠신가요?"

"협상? 그건 절대 불가하네."

'하긴 상대가 다른 곳도 아니고 성화이니.'

자신의 아들들을 죽인 인간들과 누가 협상하려고 하겠는가?

"그럼 결과적으로 소송해서 찾아와야 한다는 건데……."

그럴수록 성화의 작전에 휘말리는 꼴이 된다. 시간을 끄는 것이 성화의 목적이니까. 더군다나 그 시간이면 성화도 다른 방식의 터치 방식을 개발할지도 모른다. 정전기식이라고 해도 방법이 살짝 다른 것은 가능하니까. 그 경우 특허의 보호를 받지 못한다.

"후우."

노형진은 상황을 해결할 수 있는 방법을 찾기 시작했다

'와이폰이 들어오는 것은 8월. 그리고 지금은 1월. 대략 7개월 남았다. 제작해서 유통시킨다고 하면 못해도 3개월 이전에 시작해야 하니 제작의 커트라인은 5월. 제작은 둘째치고 홍보해야 하는데 그 특허에 관해 소송 중인 물건에 대해서는 홍보할 수 없으니 설사 시간을 맞춰서 한다고 해도 홍

보되지 않은 상황에서 전 세계에서 제일 유명한 와이폰을 이기는 것은 무리……. 시간이 없어.'

　노형진은 계속 계산하면서도 도무지 길을 찾을 수가 없었다.

　'젠장…… 타이밍 진짜 지랄 같네.'

　노린 건지 우연인지는 모르겠지만 타이밍 자체는 무척이나 절묘했다. 일단 어떤 방식으로든 와이폰이 한국에 들어오는 것을 막을 타이밍을 잡는 것은 쉽지 않았다.

　"생각보다 큰 문제군요."

　"그래, 생각보다 큰 문제지."

　미국의 기업이 대체로 세계적인 기업임에도 불구하고 한국에서는 유독 힘을 잘 쓰지 못하는 경향이 있다. 유명 햄버거 체인점인 맥리아의 경우 한국의 안동이 유일한 입점 실패로 기록될 만큼 한국의 방어선은 공고하다. 오죽하면 해외 기업들이 한국에서 성공하면 어디서든 성공할 수 있다고 할 정도였다. 하지만 그것도 기술력의 차이가 크게 나지 않을 때의 이야기지, 스마트폰과 폴더 폰은 태양과 형광등만큼이나 성능 차이가 심하다.

　'물론…… 그 후에도 개발은 하겠지만.'

　인간은 지속적으로 익숙한 쪽으로 흘러가는 것이 보통이다. 가령 와이폰에 익숙한 사람은 다른 운영체제인 사이보그를 탑재한 폰을 잘 쓰지 않는다. 반대로 사이보그에 익숙해진 사람은 전혀 다른 운영체제를 탑재한 와이폰을 잘 쓰지 않는다. 즉, 와이폰이 이 시장을 선점하게 된다면 사람들은 분명 익숙한 와이폰 체제에서 핸드폰을 사려고 할 테니 후발 주자인 한국 핸드폰 시장은 기존 역사처럼 크게 성공하기 힘들다. 내수가 뒷받침되지 않으면 해외 진출 역시 힘든 게 당연한 일이기 때문이다.

"소송으로 찾아올 수 있겠나?"

"무리입니다. 상대방은 다른 사람도 아닌 성화. 분명히 악착같이 물고 늘어질 테니까요."

"흠……."

성화의 입장에서는 손해 볼 게 없다. 어차피 핸드폰 업계에 진출하는 것은 물 건너갔으니 같이 죽자는 심정으로 이를 악물고 덤빌 것이다. 그렇게 된다면 못해도 3년은 걸릴 것이다.

"그럼 방법이 없겠나?"

"후우."

노형진은 곰곰이 생각에 빠졌다. 단시간 내에 그들의 권리를 무력화시키는 것.

그는 한참 생각하다가 눈을 번쩍 떴다.

"방법이 하나 있기는 합니다."

"어떤?"

"산업스파이 혐의로 그 개발 팀장을 법의 심판대에 세우는 겁니다."

"그 녀석을 고발하자는 건가?"

"네."

그 말에 유민택은 얼굴을 찌푸렸다.

"우리가 고발하지 않았겠나? 벌써 했다네. 하지만 소용이 없어."

"네? 어째서요?"

"중국으로 도망갔다네."

"끄응……."

노형진이 생각한 다른 방법은 바로 자료를 빼돌린 사람을 형사처벌을 하는 것이다. 그걸 기점으로 기술에 대한 사용 금지 가처분 신청만 풀어 버리면 충분히 제작이 가능하고 소송하든 말든 제작해서 판매할 수는 있다. 최악의 경우, 진다고 해도 점유율은 지킬 수 있다. 물론 그에 따른 수익분 중 일부를 성화에 줘야겠지만 그래도 아예 시작도 못 하고 통째로 와이폰에 빼앗기는 것보다는 훨씬 유리하다.

"우리 법무 팀도 그 방법은 생각해 봤다네. 거의 유일한 방법이라고 하더군. 하지만 문제는 그 녀석을 잡을 방법이 없다는 거야."

"그렇군요."

그가 정식으로 처벌받는다면 대룡은 성화에 대해 해당 사건을 원인으로 해서 특허권 무효화 소송을 할 수 있다. 만일 그렇게 된다면 성화는 막대한 돈을 들이고도 대룡에 어떠한 피해도 주지 못한 채 끝나게 된다.

"우리도 잡으려고 했지만 아주 꽁꽁 감춰 놨더군. 우리가 아는 건 중국으로 갔다는 것, 그거 하나뿐일세."

"중국요?"

"그래, 뻔하지. 그들도 준비하면서 같은 생각을 했을 거야. 당연히 그런 준비를 하지 않을 리가 없지."

"젠장."

아마도 그들은 그 팀장이라는 인간을 어딘가에 꽁꽁 감춰 두고 있을 것이 뻔했다. 유일한 방법인 걸 알고 있을 테니 말이다.

"솔직히 말해 아무리 저라 해도 단시일 내에 해결하는 것은 불가능에 가깝습니다."

노형진은 안타깝다는 듯 말을 꺼냈다.

"어차피 이런 사건은 시간이 오래 걸릴 수밖에 없습니다. 저쪽에 증거라도 없으면 모를까, 이쪽에서 개발 내역을 가지고 갔다면 분명 그걸 살짝 고쳐서 자신들이 개발했다고 제출할 겁니다. 시간을 질질 끌면서 말이지요."

"끄응……."

마지막 희망인 노형진조차 방법이 없다는 말에 유민택은 신음성을 흘렸다.

"하지만 아예 방법이 없는 건 아닙니다."

"방법? 어떤 방법?"

"중국에 가서 그를 직접 잡아 오는 거죠."

경찰에 신고했다고 해서 경찰이 중국에 가서 그를 수사한다고 생각하면 오산이다. 우연히 중국에서 잡히면 그를 한국으로 보내 줄 뿐이지, 절대로 직접 잡아서 수사해서 보내지는 않는다. 물론 그때쯤이면 분명 시간이 엄청 지난 시점일 것이다.

　"알고 있네. 벌써 보안 팀을 중국으로 급파했네. 하지만 아무런 흔적도 남아 있지 않아서 말이지."

　그럴 것이다. 성화도 이번 작전에 사활을 걸고 있을 테니 분명 어떤 방식으로든 찾을 수 없도록 완전히 꼬리를 감춰 놨을 것이다. 하지만 노형진에게는 방법이 있었다.

　'그 꼬리라는 것도 결국은 서류상의 꼬리일 뿐이지.'

　가짜 이름으로 출국하고 여러 가지 가짜 정보를 흘린다 해도 결국은 본인의 기억을 모조리 지울 수는 없다. 더군다나 그는 다시는 한국에 들어오지 못할 가능성이 높다. 그렇다면 오만 잡생각을 하게 될 테니 그들의 동선을 알아낼 수 있는 정보를 남길지도 모른다.

　"제가 직접 가 보겠습니다."

　"자네가?"

　"네."

　그 말에 유민택은 깜짝 놀랐다. 노형진이 변호사이기는 하지만 직접 뛰는 성향은 아니다. 물론 오로지 사무실만 왔다 갔다 하는 타입은 아니지만 영화에 나오는 것처럼 물불을 안 가리면서 뛰어드는 타입도 아니다. 그런데 직접 뛰겠다니?

"위험할 걸세."

성화가 그를 혼자 보내지는 않았을 것이다. 경호원을 보냈을 가능성이 높고, 재수 없으면 중국의 삼합회 같은 곳에 선이 닿아 있는 놈들일 수도 있다.

"압니다. 하지만 제가 아니면 추적할 수 없을 겁니다."

한국에서 중국의 어느 쪽으로 갔는지 알 수는 있다. 하지만 현장에 도착해서 계속 있을 리 없으니 분명 추가적으로 움직인 방향을 새로 잡아야 하는데 기억을 읽지 못하는 일반적인 사람들은 어디로 갔는지 추정도 못 할 가능성이 높다.

"저만의 방법이 있으니 제가 직접 움직이겠습니다."

"후우……."

유민택은 한숨을 내쉬었다. 얼마 전이라면 유민택은 노형진의 그런 선택을 말렸을 것이다. 하지만 이번에 달려 있는 문제가 워낙 많다 보니 섣불리 안 된다고 말할 수가 없었다. 당연히 보내 줄 수밖에 없었다.

"자네가 찾을 수 있다면…… 부탁하네."

유민택은 노형진의 손을 꼭 잡고 부탁했다. 그 안에서 그의 진심이 느껴지는 것 같았다. 그러나.

'내가 맨입으로 그럴 수는 없지.'

아무리 진심이라 해도 결국 유민택과 노형진은 비즈니스의 관계. 더군다나 목숨이 달린 일을 그냥 해 줄 수는 없는 노릇이다. 더군다나 그를 찾아서 대룡이 원래 역사에서의 성화의 자리를 빼앗는다고 치면 전 세계적으로 몇조대의 수익을 올리는 것이 된다.

"물론 조건이 있습니다."

"하하하…… 자네가 그럴 줄 알았지."

이번에는 다급한 나머지 지고 들어가기는 했지만 유민택역시 자신들의 관계가 어떤 건지 정확하게 알고 있었다.

"그래, 이번에는 내가 지고 들어가는 상황이니 말하게나. 어지간하면 다 들어주겠네."

"제 조건은……."

노형진은 그동안 여러 문제로 이야기하지 못하고 있던 문제를 말했고 유민택의 눈은 어느 때보다 커지기 시작했다.

⚖️

"여긴가요?"

노형진이 묻자 그를 따라다니는 세 사람 중 한 명이 고개를 끄덕거렸다.

"그렇습니다."

제법 커다란 집 그리고 잘 꾸며진 내부.

연구 팀장이라고 하는 이구환의 집이었다. 미리 준비해서 그런 건지 집기 정도만 남아 있었다.

"흔적은 없었나요?"

"없었습니다. 싹 비웠더군요."

옷도 없고 쓰레기통도 다 비웠다. 남은 것은 가구와 이불 같은 것들뿐.

"오래 준비했군요."

"그런 것 같습니다."

사실을 알아챈 대롱에서 그의 집에 들이닥쳤을 때 이미 그는 사라지고 없었기에 누구도 그가 어디로 갔는지 알 수가 없었다. 그나마 모든 인맥을 총동원해서 알아낸 것이 중국으로 떠났다는 사실뿐.

'흠…… 그렇다면…… 상당 기간 고민했을 텐데.'

연구에 상당한 투자를 하는 대롱답게 집 자체는 나쁘지 않았다. 심지어 그 안에 있는 가구들조차 제법 비싸 보이는 물건이었다.

'이게 뭐가 좋다고. 쯧쯧.'

사람들은 이렇게 범죄로 돈을 벌고 중국에 가서 살면 잘살 거라 생각한다. 하지만 노형진의 경험상 그런 경우는 극히 드물다. 돈이 있어도 펑펑 쓰자니 주변에서 자신을 찾아올까 봐 두렵고, 그렇다고 한곳에 정착하자니 그건 더더욱 힘들다. 게다가 중국 범죄 조직은 그런 사람들을 귀신같이 알아보고 그들을 지켜 준다는 명목으로 돈을 뜯어내고는 한다. 결과적으로 그들이 중국에서 겪는 것은 길고 고통스러운 도주 과정뿐이다.

"노 변호사님, 이미 경찰이 싹 수사하고 갔습니다."

아까 대답한 남자가 조심스럽게 입을 열었다. 권강수는 이번 사건에서 노형진을 지키기 위해 그의 수제자들과 함께 유민택이 붙여 준 사람으로, 여러 가지 무술들을 배워서 그 합이 무려 14단이 넘는 경호 전문가다.

"그들과 제 수사 방식은 다르니까요."

노형진은 천천히 방 안을 둘러보았다.

'과연 어느 곳에 기억이 가장 많을까.'

하루하루 성화와 계약한 날짜는 다가오고 있다. 자료를 넘겨주고 받은 돈을 쓰는 것은 좋았을 것이다. 하지만 얼마 후면 한국을 떠나 중국으로 도피해야 한다. 그렇게 된다면 다시는 한국에 돌아오지 못할 수도 있다.

'그런 생각을 하는 거라면…….'

노형진은 안방에 놓여 있는 커다란 더블 사이즈 침대를 바라보았다.

흐트러진 침대.

수사 때문인지, 아니면 그냥 이대로 두고 간 건지 알 수 없었지만, 확실한 것은 일반적인 사람이 고민이 있다면 저기에 누워서 많은 생각을 했을 거라는 점이다.

'그리고 고민이 가장 많이 떠오르는 때가 바로 침대에 누웠을 때지.'

노형진은 그 침대로 다가가 벌러덩 누워 버렸다. 그걸 본 권강수는 깜짝 놀랐다.

"노 변호사님?"

"그냥 생각할 게 있어서 그런 거니까 잠깐 이대로 두세요."

노형진은 침대에 누워 정신을 집중하면서 말했다. 그러고 는 침대에 있는 기억들을 천천히 읽기 시작했다. 가장 최근 의 것은 이구환을 찾기 위해 온 집 안을 헤집는 경찰들과 회 사 사람들에 대한 기억이었다.

'이런 건 쓸모가 없지.'

노형진은 좀 더 과거의 시간대를 찾아 그가 혼자 있는 기억 을 읽기 시작했다. 그러자 갑자기 몰려오는 서러움과 외로움.

'너도 편한 삶을 사는 건 아니었구만.'

대룡의 연구 팀장이라는 직책은 상당한 높은 직책이다. 하 지만 그 자리에 올라가기 위해 제대로 연애도 못 하고 결혼 도 못 한 채로 공부만 했다. 이제는 결혼하고 싶었지만 나이 도 나이거니와 급격하게 늘어나는 대머리 때문에 맞선도 잡 기 힘든 지경이었다.

'그래서 그런 짓을 하기로 한 거냐? 멍청하군.'

그는 그런 것이 억울했다. 하나 애초에 그건 대룡의 책임이 아니다. 그가 공부만 하는 것을 선택해서 대룡에 입사한 것이 지, 대룡에서 입사를 조건으로 그에게 공부만 시킨 것은 아니 니까.

그러나 그는 자신의 인생이 망가진 책임을 물을 곳이 필요했고 그게 바로 대룡이었다. 그래서 배신한 것이다.

　　'그런 멍청한 자기 합리화는 그만두고……. 도대체 어디로 간 거냐.'

　　노형진은 이구환의 기억을 보다가 짜증이 났다. 그도 그럴 것이, 그는 걱정을 하면서도 자신의 범죄 행위를 합리화하기 위해 온갖 말도 안 되는 분노를 대룡에 쏟아붓고 있었기 때문이다.

　　결혼 문제만 해도 그렇다. 아무리 대머리라고 해도 대룡의 연구 팀장쯤 되면 어지간하면 장가를 간다. 심지어 대룡은 사내 연애에 상당히 관대한 편이라 가끔 회사 내 맞선 행사를 하기도 했고 이구환 역시 몇 번이나 나갔다. 하나 그곳에서 제대로 말도 못하고 우물쭈물하다가 기회를 놓쳤다. 그럼에도 그는 그 모든 것에 대한 책임을 대룡에 전가하고 있었다.

　　'그런 불만은 그만두고…… 어디냐…… 어디냐…….'

　　끊임없이 나오는 자기 합리화의 기억들.

　　노형진은 처음에는 불쌍하다고 생각하다가 결국 혀를 끌끌 찰 수밖에 없었다. 애초에 머리는 좋을지언정 제대로 된 인간은 아니었던 것이다.

　　결국 한참을 찾아서야 기억 내에서 관련된 정보를 찾을 수 있었다. 곧 가게 될 중국에 대한 공포감, 두려움, 미래에 대한 걱정. 그걸 확인한 노형진은 눈을 번쩍 뜨면서 자리에서 일어났다.

"노 변호사님?"

권강수는 고개를 갸웃했다. 침대에 누워서 잠든 듯하더니 갑자기 벌떡 일어난 것이다.

"알 것 같군요."

"알 것 같다니요?"

"어디로 갔는지 말입니다."

"네? 그거야 중국으로 갔겠지요."

문제는 중국이 너무나 넓어서 공항에서 내린 뒤 어디로 갔는지 알 수 없다는 것.

"북경 쪽일 거라 생각하고 있습니다."

사람도 많고 편의 시설도 잘되어 있는 북경이라면 충분히 가능성이 있다고 생각했기에 대부분의 사람들은 북경 쪽을 수색하고 있다고 했다. 하지만 노형진은 그 기억 속에서 한 가지 단어를 찾아냈다.

"완전히 당한 겁니다."

"네?"

권강수는 노형진의 말에 고개를 갸웃했다.

"북경 쪽에 있지 않단 말입니까?"

그렇게 되면 일이 복잡해진다. 중국이 워낙 넓기 때문이다. 그런데 그다음 말은 더 황당했다.

"아예 중국 쪽에 가지도 않았습니다."

"뭐라고요?"

노형진의 말에 어이가 없는 얼굴이 되는 사람들.

"하지만 그를 추적하니 배를 타고 중국으로 간 것으로 되어 있었습니다."

"그렇지요. 하지만 얼굴을 보셨습니까?"

"네?"

"애초에 도피를 위해 중국 같은 곳으로 갈 때는 배가 아닌 비행기를 타고 갑니다. 그런데 왜 하필이면 배를 타고 갔을까요?"

"그거야……."

그 말에 권강수는 입을 다물었다.

'생각해 보니 그러네?'

언제 상대방이 쫓아올지 모르는 상황에서 다른 것도 아니고 배를 타고 중국으로 간다? 그건 좀 이상하다. 더군다나 아직은 제대로 고발이 들어간 시점에 도망간 것도 아니니 체포 영장이 나오거나 출국 금지가 떨어진 시점도 아닌데 말이다.

"배는 비행기보다 신분증 검사가 느슨합니다."

"그런가요?"

"네."

배라는 것은 워낙 크기가 큰 데다가 사고가 난다고 해도 구조의 가능성이 켜서 상대적으로 느슨하게 검사하는 편이다. 그러다 보니 여러 범죄자들도 남의 이름으로 움직일 때도 많다.

"그럼 설마?"

"아마도 중국으로 간 녀석은 다른 녀석일 겁니다."

"헛!"

그럼 지금까지 중국과 북경 지역을 이 잡듯이 뒤지던 것은 완전히 헛짓거리라는 소리가 아닌가?

'성화, 이번에는 제대로 머리를 썼어.'

노형진이 이렇게 오랜 시간이 걸린 건 그 기억 속에서 중국에 관련된 정보를 모으려고 했기 때문이다. 하지만 여러 번 중국에 갔다 오거나 관련 정보들이 있기는 하지만 어디로 갔는지에 대해서는 제대로 된 기억이 없었다.

'완전히 당할 뻔했어.'

혹시나 아예 모른 채로 무작정 끌려간 게 아닐까 하는 생각을 하는 찰나, 노형진은 우연히 일본과 관련된 기억을 읽었다. 별건 아니었고 일본 야동을 보면서 흥분하는 기억이었다. 처음에는 무시하던 노형진이었지만 그 기억에서 해외에 가게 된다면 일본으로 가고 싶다는 생각을 읽어 낸 노형진은 혹시나 하는 마음에 일본과 관련된 기억을 찾아본 것이다.

"아마도 성화의 솜씨일 겁니다. 중국으로 가는 척하면서 일본으로 빼돌린 거죠. 그렇게 되면 경찰도, 대룡도 중국만 뒤질 겁니다. 설사 의심한다고 해도 상대적으로 약하게 수색할 수밖에 없구요."

"크윽…… 망할 새끼들."

권강수는 어이가 없었다. 범죄자를 감춰 주기 위해 그런 짓까지 할 거라고는 생각도 못 했다.

"그럼 일본에 가서 어디로 숨었을까요?"

"그건……."

노형진은 입을 다물었다. 어디로 갔는지 몰라서?

아니다. 어디로 갔는지는 안다. 하지만 그걸 알려 주려면 사이코메트리에 대해 알려 줘야 한다. 하나 한편이라곤 해도 변호사에게는 비밀 무기가 있어야 하는 법.

'일본에 간 건 예상이라고 할 수 있지만…….'

특정 지역을 말해 주는 건 뭔가 안다는 느낌이 든다. 재수 없으면 성화와 한패가 아니냐는 소리까지도 들을 수 있는 문제다.

"그건 가 봐야겠지요. 하지만 일본으로 갔을 가능성이 높습니다."

"왜 그렇게 생각하시는 거죠?"

"주변 이야기를 들어 보니 일본 포르노에 중독된 상태였다고 하더군요."

"음?"

"주변 인물들의 말로는 일본 포르노만 무려 10테라바이트가 넘는 양을 가지고 있다고 했답니다. 그런 사람이 어디로 갔겠습니까?"

"그렇군요. 역시 회장님이 극찬하실 만합니다."

자신들은 그저 중국으로 갔다는 사실에 집중했지, 그가 일본 포르노 중독자인 것은 몰랐다.

물론 노형진도 몰랐다. 다만 기억에서 읽어 낸 뒤, 자신이 한 이야기에 맞게 대답한 것뿐이다.

"그럼 일본으로 바로 가야겠군요."

"가능하면 빨리 따라가는 게 좋을 듯합니다."

"그러지요."

노형진의 말에 권강수는 바로 전화기를 들었다.

성진국 열도

"확실히 남쪽이라는 건가요?"

노형진이 비행기에서 내리면서 옷깃을 여미자 권강수는 하늘을 보면서 중얼거렸다.

"네?"

"서울보다는 훨씬 따뜻한 것 같지 않습니까?"

"그런가요?"

"네, 그러네요."

그 말에 노형진은 함께 하늘을 바라보았다. 그는 아직 따뜻하다는 것을 느끼지 못하고 있었다.

'어쩌면 마음이 추워서일지도.'

그렇게 생각하던 노형진은 갑자기 피식 웃음이 나왔다.

'나답지 않은 표현을 쓰다니. 어지간히 심심하기는 한 모양이네.'

이구환을 찾아서 일본에 왔다. 아니나 다를까, 이구환이 중국으로 갔다는 유일한 증거는 배를 탈 때 제출한 여권뿐이었다. 하나 여권 위조는 무척 쉬운 일 중 하나다.

"일본에 오기는 했는데 과연 일본에 있기는 할까요?"

문제는 그가 일본으로 도망갔다는 증거가 없다는 것. 수사를 중국으로 돌리기 위해 고의로 떡밥을 흘린 거라고 할 수도 있겠지만 한편으로는 진짜 중국으로 도망갔다고 생각할 수 있는 문제이기에 노형진은 확실하게 하기 위해 일본으로 올 수밖에 없었다.

"있기를 바라야지요?"

"그런데 도대체 어디서 찾아야 할까요?"

"글쎄요."

과연 어디에서 그를 찾을 수 있을까? 주변에 널린 것이 다름 아닌 호텔이고, 사람들로 가득한 곳이 일본이다. 한국이 5천만 운운하지만 일본은 인구가 1억이 넘는 곳이다. 당연히 작심하고 숨어 버린다면 무척이나 찾기 어렵다.

'하긴……. 야동 하나에 반해서 온 것이라고 보기에는 좀 터무니없기는 하지만.'

그러나 노형진이 기억에서 읽은 이구환의 포르노 중독 증상은 엄청나게 심했다. 평균 하루 두 시간 이상 일본 포르노를

볼 정도로. 실질적으로 연구원들의 여가 시간이 부족한 점을
생각하면 여가 시간의 대부분을 포르노로 보냈다는 것이다.

"일단은 성화의 일본 지부 쪽을 알아봐야 하지 않을까요?"

권강수가 말했지만 노형진은 고개를 흔들었다.

"성화는 바보가 아닙니다. 어떻게 중국으로 시선을 돌렸
다곤 하지만 다시 일본으로 향할 수도 있다는 점을 감안하고
있을 겁니다. 그런 상황에서 위험하게 자신들의 구역 내부에
이구환을 둘 가능성은 낮다고 보입니다."

"그럼……."

"아마도 어디 먼 곳에 전담 직원을 두세 명 정도 두고 보
호하고 있을 겁니다."

"그러면 완전히 뜬구름 잡기인데요?"

"그렇지요?"

기억을 읽는 것도 결국 그와 어느 정도 접점이 있어야 한
다. 하다못해 그가 스치고 지나간 자리라도 알아야 사이코메
트리를 하지, 아무것도 없는 이곳에서 그런 걸 하는 건 무리
다. 그렇다고 공항 입국장에서 기억을 읽자니 너무 많은 사
람들이 지나다녀서 불가능하다.

"그럼 노 변호사님은 어떻게 찾을 생각을 하신 겁니까?"

"음…… 일단은…… 포르노 배우를 한번 만나 볼까 생각중
입니다."

"네?"

그 말에 고개를 갸웃하는 권강수였다. 기껏 일본에까지 추적해 와서 하는 말이 포르노 배우를 만나 보겠다는 말이라니?

　'물론 그런 사람도 있다곤 하지만.'

　그렇게 보기에는 노형진은 너무 멀쩡해 보이고 사람 눈치를 안 보기에는 너무 상위 계층인 사람이다. 그런데 대놓고 포르노 배우를 보겠단다.

　"아, 오해는 마시구요. 그나마 가능성이 있는 것이니까요."

　"가능성이 있는 것?"

　"네, 그는 '마이 소라'라는 AV 배우에게 푹 빠져 있더군요."

　"그래서요?"

　"일본이 달리 성진국이라고 하는 게 아닙니다. 적당한 돈만 주면 개인적인 만남을 주선할 수도 있죠."

　"네에?"

　"왜요? 신기합니까?"

　"그…… 그거야……."

　하긴 한국도 여전히 암암리에 성 상납이 벌어지고 있다. 그런 상황에서 다른 곳도 아닌 일본이니 포르노 배우를 만나는 것이 어려운 것이 아닐지도 모른다.

　"물론 만나는 것과 잠자리를 함께하는 것은 다릅니다."

　"아아아."

　순간 아쉬워하는 얼굴이 되는 권강수. 그걸 보면서 노형진은 피식 웃었다.

"비록 포르노 배우라고 하지만 그래도 당당한 연예인으로 활동하고 있는 사람도 있습니다. 특히나 모자이크로 처리되는 포르노 쪽은 그런 성향이 좀 더 강하고요. 적당한 가격만 된다면 팬과 만나 줍니다. 어차피 그쪽은 돈이 목적이니까. 아무래도 환상을 파는 연예계보다는 훨씬 더 노골적이라고 할까요?"

"좀 복잡하군요."

"일본이란 많이 복잡한 나라죠."

노형진은 씁쓸하게 미소를 지으면서 말했다.

"일단 그 녀석이 일본에 온 이상 평소 우상으로 여기는 여자들을 만나려고 했을 가능성이 높다고 생각합니다."

"그 사람이 마이 소라?"

"네."

그의 기억 속에서 가장 많이 드러난 사람도 그 사람이었다. 비록 모니터에 있는 사람이라곤 하지만 이구환의 이상형이라고 할까?

"아마도 그라면 어떻게든 한번 만나 보려고 할 겁니다."

"하지만 그런 사람이 그렇게 쉽게 만나지나요? 실질적으로 그들도 일본에서는 연예인이나 마찬가지라면서요?"

"뭐, 좀 취급이 다르지만 그렇지요. 그러니까 선이 필요한 겁니다."

"선?"

"네."

노형진의 미소에 권강수는 고개를 갸웃할 수밖에 없었다.

"반갑습니다, 형진 상."
"반갑습니다, 치무라 상."
노형진은 기억을 더듬어서 일본에 있는 에이전시를 하나 찾아냈다. 이 에이전시는 좋게 말하면 연예인과 일반인의 만남을 주선하는 곳이고 나쁘게 말하면 연예인과 함께 자 보고 싶은 사람을 상대로 매매춘을 하는 곳이다.
'접대하는 건 필요했으니까.'
아무래도 이런저런 사건을 하다 보면 접대라는 걸 하거나 받는 경우가 많다. 그런데 미묘한 게, 접대하는 여자가 완전히 술집 여자라면 상대방이 좀 무시한다고 생각해서 싫은 티를 내는 경우도 많고, 그렇다고 아주 유명한 사람들을 하자니 그들이 접대하지도 않거니와 실제로 한다고 해도 접대 비용을 엄청나게 요구해 현실적으로 불가능한 경우가 많다.
이럴 때 가장 적당한 사람들이 바로 일본 포르노계에 있는 배우들이다. 물론 만나고 나서 이후에 벌어지는 일은 이들 책임이 아니다. 이들은 그저 공적인 만남만 주선해 줄 뿐이다. 공식적으로는 말이다.
"연락은 받았습니다. 마이 소라를 만나고 싶다고요?"

"네, 진지한 대화를 나누고 싶습니다."

"진지한 대화라고요?"

"그럼요."

노형진이 알 듯 모를 듯한 미소를 건네자 치무라 역시 왠지 안다는 미소를 노형진에게 건넸다.

"그럼 이 뒤의 분들은?"

"제 경호원들입니다. 현장까지는 동행할 겁니다."

"동행만 하실 거죠?"

"네."

"흠, 이상한 짓을 한다거나……."

"절대 그런 일 없습니다."

여배우가 현장에서 즉석 요구를 거절하는 경우, 강제로 하는 사람이 있어 치무라는 걱정스러운 얼굴이 되었다.

"전 그렇게 나쁜 놈 아닙니다, 치무라 상. 그리고 이분들도 제 부하가 아니라 아는 분들이 절 위해 보내 주신 분들입니다. 아무 일도 벌어지지 않습니다."

"그렇게 말씀하신다면야……."

그렇게 말하면서도 치무라는 권강수 일행을 한 번 더 바라보았다. 하지만 일단은 비즈니스인 관계로 모른 척하기로 했다.

'뭐, 그 이후에 벌어지는 일에 대해서는 내가 알 바 아니지.'

"그런데 마이 소라는 요즘 잘나가는 배우입니다. 상당히 가격이 높습니다."

“그런가요?”

“그리고 이런 말씀을 드리기가 좀 이상하겠지만…….”

슬쩍 몸을 낮춰서 노형진에게 이야기하는 치무라.

“아직 처녀입니다.”

“네?”

“특이하죠? 하하하, 네, 처녀 맞습니다. 그래서 애석하게
도 개인적 만남은 필요 이상은…….”

즉, 누군가 만났을 때 당연히 기대하는 남녀 간의 일은 벌
어질 가능성이 없다는 소리였다.

“압니다.”

노형진은 도리어 순순히 수긍했지만 다른 경호원들은 당
황한 얼굴이었다. 분명 포르노 배우인데 처녀라니?

“아, 그런 경우가 가끔 있습니다. 주로 노모자이크라고 불
리는 것보다는 데뷔한 지 얼마 안 되어서 일본에서 핑크 무
비라고 불리는 성인물에 주로 출연하는 사람들 중에요.”

“그게 무슨……?”

“일본은 여러모로 이상한 나라니까요.”

권강수는 이해할 수가 없었다. 다른 사람들에게 몸을 보여
주는 건 되면서 잠자는 건 안 된다니.

“뭐, 그건 상관없습니다. 저희는 그런 목적으로 만나려는
게 아니니까요.”

“그럼?”

"그냥 팬심이라고 해 두죠."

"흠······."

노형진이 말하고 싶어 하지 않는 것을 본 치무라는 고개를 끄덕거렸다.

"가격은 좀 비쌉니다."

"얼마 정도 합니까?"

"한 100만 엔 정도 합니다."

100만 엔이면 대략 1천만 원이다.

"하룻밤 동안 만나서 식사하고 대화하는 수준입니다. 노래방도 가능하지만 호텔은 안 됩니다."

"그러도록 하지요."

누군가 본다고 하면 미친 짓이라고 할지도 모른다. 하지만 누군가에게는 1천만 원은 돈도 아닌 것이 현실이다.

"그럼 어떻게 호텔로 가도록 할까요? 아니면 현장에서?"

그 말에 노형진은 피식 웃었다. 뒤에서 열렬하게 호기심에 불타는 세 사람의 시선을 느꼈기 때문이다.

"현장에서 뵙도록 하지요."

"알겠습니다."

바로 약속을 잡은 노형진이 에이전시에서 나오자 권강수가 다가왔다.

"1천만 원이라니 너무한 거 아닌가요?"

"한국과 일본의 환율 차이가 있으니까요. 그리고 연예인

과 하룻밤 자 보겠다고 수억씩 내는 사람도 있습니다. 경호
업무를 전문으로 하니 권강수 씨도 잘 아시지 않습니까?"

"끄응…… 그렇지요."

경호라는 건 말 그대로 어디에나 따라다니면서 지켜야 하는
일이다. 그러다 보니 가끔은 별별 더러운 꼴을 다 보게 된다.

지난번에는 어떤 정치인의 경호를 담당한 적이 있는데 그
때 그 정치인은 숱하게 내연녀를 만나러 다녔다. 20대 아가
씨였는데 오피스텔을 하나 사 주는 조건으로 만났다고 한다.
서울 지역 오피스텔의 가격이 보통 2억 5천 정도 한다는 걸
감안하면 이건 아무것도 아닐 수도 있다.

"그런데 안 만났다고 하면 어쩌죠?"

"별수 없죠. 그러나 우리는 지푸라기라도 잡는 심정으로
해야 합니다. 그 녀석만 잡을 수 있다면 1천만 원 정도는 손
해도 아니죠."

"그건 그렇지요."

수천억, 아니 미래까지 생각하면 수조의 시장이 그 녀석을
잡느냐 마느냐에 따라서 누구의 손에 떨어질지 모를 일이 되기
에 노형진은 제발 어떤 흔적이라도 나오기를 기대하고 있었다.

"아아, 기모찌이."

세트장으로 들어가자 그 안에서 풍기는 강한 열기.

물론 여러 가지 조명들과 촬영 기구들에서 나오는 것이었다.

"특이하네요."

"그런가요?"

"네."

"이건 핑크 무비니까요."

침대에서 정사하는 두 남녀의 모습은 상당히 격정적이고 음란해 보였지만 정작 남녀의 주요 부위는 덕지덕지 붙어 있는 정체 모를 살색 테이프들로 인해 하나도 보이지 않았다.

"혹시나 노출을 방지하기 위해 저런 걸 붙이고 촬영합니다."

"그렇군요."

그럼에도 불구하고 그 둘은 능숙하게 진짜인 것처럼 연기했고 잠시 후 감독의 '컷.'이라는 소리가 나고 나서야 떨어졌다.

"마이 상."

한 남자가 막 가운을 걸치는 마이 소라에게 뭐라고 말을 건네자 그녀는 몸을 돌려 노형진에게 다가왔다.

"반갑습니다. 마이 소라예요."

"네? 아…… 네, 네, 네."

노형진은 솔직히 당황했다. 핑크 무비라 주요 부위를 가렸다고 하지만 살색 테이프를 붙여서 티가 잘 안 나는 데다가 가운을 입었다고 해도 제대로 여민 것도 아니라서 아슬아슬하게 젖꼭지만 가린 모습이었기 때문이다.

"호호호, 얼굴이 붉어지는 걸 보니 아직 이쪽에 대해서는 잘 모르시나 보네요?"

"뭐…… 잘 모른다고 봐야지요."

원래 역사에서야 여자를 품고 싶다면 언제든 품을 수 있는 위치였지만 지금은 별로 관심이 없다.

"그런데 절 만나자고 하다니 의외네요?"

관심이 없다는 말에 바로 가운을 가다듬는 마이 소라. 아마도 방금 그 복장은 자신의 팬에 대한 일종의 팬 서비스 차원이었던 모양이다. 그런데 누가 봐도 노형진이 자기 팬으로는 보이지 않았던 것이다.

"몇 가지 여쭤 볼 것이 있어서 온 겁니다."

"뭐를요?"

"여기서는 질문하기 좀 그런데 다른 곳에서 이야기할 수 있을까요?"

"음…… 그건 곤란한데."

애초에 이런 만남의 조건은 개인적인 만남은 가지되 개인적인 시간을 가져서는 안 된다는 것. 아무리 따로 이야기하자는 게 뒤쪽 이야기인 줄 안 모양이다.

"생각하시는 그런 일 아닙니다. 최근에 마이 상이 만났을 가능성이 높은 사람에 대해 묻고 싶어서 그런 겁니다."

"제가 만난 사람?"

"네, 다만 보안을 요하는 일이라."

"위험한 건 아니죠?"

"음…… 위험한 건 아닙니다."

"음…….."

마이 소라는 잠시 고민하다가 고개를 끄덕거렸다.

"좋아요. 이따가 저녁때 이야기하죠. 단, 아시죠?"

"네, 압니다."

절대 밀실이어서는 안 된다. 정확하게는 방 안에 둘이 있
는 건 상관없지만 밖에서든 안에서든 잠글 수 있는 구조여서
는 안 된다.

"이따가 봬요."

키스를 날리며 멀어지는 그녀를 보면서 노형진은 입맛을
다셨다.

"거참…… 예쁘기는 하네."

한국에서는 볼 수 없는 타입이라고 할까? 그래서 별 관심
이 없는 노형진조차도 살짝 가슴이 떨릴 정도였다.

"뭐랍니까?"

"이따가 조용히 이야기하기로 했습니다. 여기서 할 이야
기는 아니니까요."

"다행이네요."

만일 저쪽에서 거절한다고 하면 아무리 에이전시를 통해
만났다고 해도 이야기가 진행되지 않는다.

"단둘이 이야기할 수 있는 곳을 찾아야겠네요."

"그런 곳은 그럼…… 호텔?"

의미심장한 얼굴이 되는 권강수. 하지만 노형진은 피식 웃고 말았다.

"그러면 좋겠습니다만 그럴 리가 있나요. 다다미방이 딸린 일식집으로 하면 될 겁니다."

"아깝네요."

"아깝긴요. 어차피 저쪽도, 이쪽도 프로니까요. 서로 프로답게 행동하는 게 속이 편한 겁니다."

그 말에 권강수는 고개를 끄덕거렸다.

"그럼 이제 일식집을 하나 잡아야겠군요."

"그래야지요. 적당히 조용한 곳으로 알아봐야겠습니다."

⚖️

"비싼 곳을 잡으셨네요?"

마이 소라는 안으로 들어오면서 살짝 놀랐다.

"그 정도 능력은 됩니다."

"그래요?"

"네."

"아깝네. 그냥 제가 꼬셔 볼까요?"

"마음에도 없는 소리 하지 마십시오."

"호호호."

둘이 자리를 잡자 줄줄이 안으로 들어오는 음식들. 딱 봐도 무척이나 고급스러운 것들이었다.

그들은 그 음식들을 먹으면서 이런저런 이야기를 했다. 그리고 어느 정도 안면을 텄다는 생각이 들었을 때 노형진은 한 장의 사진을 꺼냈다.

"아까도 말씀드렸지만 어떤 사람을 찾고 있습니다. 혹시 이 사람에 대해 아는 것이 있다면 말씀해 주시면 감사하겠습니다."

노형진이 내민 이구환의 사진을 받아 든 마이 소라는 한참 살피더니 다시 돌려줬다.

"얼마 전에 본 사람이네요."

그 말에 눈을 번쩍 빛내는 노형진이었다.

'역시!'

사실 완전히 뜬금없는 상황이기는 했다. 일본에 온 것은 확실하지만 이 넓은 일본 어디에 있는지 예상도 할 수 없었기 때문이다. 오로지 그가 심각한 일본 야동 중독이라는 것과 그의 기억 속에서 얻은 단서인 마이 소라를 무척이나 만나 보고 싶어 한다는 점에 의지하여 지푸라기 잡는 심정으로 온 것이다. 그런데 진짜로 만났을 줄이야.

"이 사람의 이름은 아십니까?"

"이름이…… 구…… 구…… 구 뭐라고 했는데?"

"구환 아닙니까?"

"아, 맞아요. 구환 상."

"그가 만나서 뭐라고 하던가요?"

그 말에 얼굴을 찌푸리는 마이 소라.

"솔직히 기분이 좋지는 않았죠. 완전히 미친놈 같았으니까요."

"미친놈 같다니요?"

"자기랑 같이 가자고 얼마나 집요하게 매달리던지."

"매달린다?"

"자기가 절 구해 주겠다. 이런 생활 다 때려치워도 된다. 그러면서 어떻게든 날 구하겠다고 하더라고요. 어이가 없어서 정말."

'쯧쯧…… 멍청한 놈.'

한국 사람들은 이런 직종에 있는 사람을 무시하는 경향이 있다. 사실 그게 정상이다. 한국 시장 자체도 작고 그나마도 일본 작품에 밀려서 증발하기 직전이라 크게 돈이 되지 않기 때문이다. 하지만 일본은 연예인으로 대접받으며 인기가 많으면 AV 배우라 할지라도 공중파에 진출할 수 있을 정도로 열려 있다. 그런 상황에서 한국 시장에 대한 생각만으로 구제해 주겠다고 그 난리를 쳤으니 그의 연봉 정도는 우습게 벌고 있는 마이 소라의 입장에서는 가당치도 않게 보였을 것이다.

"아무래도 일은 일이니까 웃으면서 대하기는 했지만 한국 사람들, 너무 짜증 나요."

이것이 삶이다

"하하하."

안 봐도 비디오다. 그런 인간이 한두 명이 아니라는 뜻이리라.

"그 후에는 어떻게 되었나요?"

"뭐, 볼 것도 없었죠. 더 이상 만날 이유도 없어서 그대로 헤어지고는 신경 끄기로 했어요."

"혹시 연락처 같은 거 받아 놓은 거 없나요?"

"그 인간 연락처를요? 그럴 리가요. 형진 상 전화번호라면 모를까, 그런 녀석 번호를 왜 받아 둬요?"

그 말에 노형진은 미소를 지었다. 립서비스인 걸 알지만 기분 나쁜 말은 아니니까.

"이 녀석이 누군데요?"

"한국에서 도둑질하고 도망친 범죄자입니다."

"어쩐지 이상하더라니. 그래서 돈이 많다고 그렇게 막 뻐긴 거군요."

"그랬나요?"

"네."

"혹시 다른 사람도 있던가요?"

"그를 따라다니던 두 사람이 있었어요. 양복을 입고 있던데요?"

'젠장…… 역시 그랬군.'

그만 달랑 일본으로 보낼 리 없다. 그렇다면 경호원, 아니면 야쿠자를 붙였다는 뜻이리라.

'야쿠자일까? 아니야. 야쿠자라면 마이 씨가 모를 리 없어. 더군다나 야쿠자라면 약점을 잡아서 성화를 협박할 수도 있다. 그렇다면 성화에서 개인적으로 보낸 경호원이겠군.'

아마도 그를 보호하는 것이 주요 임무일 것이다.

"그 녀석들이 말한 건 없나요?"

"없어요. 그 인간하고 같은 방에서 밥을 먹은 것뿐이고 외부에 있던 인간들은 관심도 안 보이더라구요. 도리어 날 짜증 나는 얼굴로 바라보던데요?"

'그렇겠지.'

반드시 보호해야 하는데 고작 일본 야동 배우 한 명 보겠다고 자신들을 노출시키는 게 마음에 들 리 없을 것이다.

문제는 그렇게 얼굴과 존재를 알았다고 해도 결국은 일본에 있다는 사실만을 확인할 수 있을 뿐, 그가 어디로 갔는지 알 수는 없다는 점이다.

'이 근처에 있을까? 아니야……. 그럴 리가 없지.'

그 이후에 마이 소라 근처에 없다는 것은 이곳을 떠났을 가능성이 높다는 뜻이다. 애초에 한번 드러난 이상 더 이상 이곳에 있지 않으려고 할 가능성도 충분히 존재한다.

'젠장, 결과적으로 온 것만 확인한 건가.'

물론 중국에서 삽질하고 있다는 다른 팀들을 불러들인다면 찾을 수 있을지도 모른다. 하지만 성화는 그들의 움직임에 대해서 대대적으로 감시하고 있을 테니 중국을 뒤지고 있다는 사실을 알고 자신들의 작전이 먹혔다며 안도하고 있을 것이다. 그러니 이구환이 마이 소라를 만나겠다는 부탁을 들어줬을 테고 말이다. 그게 아니라면 절대 용납하지 못했을 가능성이 높다.

'결과적으로 위치를 찾으려면 조용하게 움직이는 게 중요하다는 건데…….'

노형진이 막 생각에 잠겨 있는 사이, 마이 소라는 이런저런 음식을 먹으면서 그런 그를 바라보았다.

한참이 지나서야 노형진은 정신이 차렸다.

"아, 죄송합니다. 손님을 불러 두고 정신을 팔았네요."

"호호호, 괜찮아요. 그런 분도 있고 저런 분도 있는 거죠. 그나저나 꼭 잡아야 하는 사람인가 봐요?"

"네."

잡아야 한다. 그러지 않으면 대한민국 핸드폰 시장이 미국에 넘어가게 될 가능성이 높다.

"음…… 솔직히 도움이 될 거라 생각하지는 않지만 생각나는 게 딱 하나가 있기는 해요."

"어떤 거죠? 도움을 주신다면 보답하겠습니다."

"어떤 거냐 하면……."

그녀의 말에 노형진의 눈이 커졌다. 그녀는 모르지만 아주 중요한 정보였던 것이다.

"감사합니다. 바로 움직여야겠네요."

"헤에, 급하시네."

"하하하, 좀 급하기는 합니다."

노형진이 나가려고 하자 마이 소라는 웃을 뿐, 말리지는 않았다.

그녀에게 인사하고 나가려던 노형진은 멈칫했다. 보답하겠다고 했던 자신의 말이 생각난 것이다.

'나중에 불러서 보답할 수도 없고…….'

잠시 고민하던 노형진은 몸을 돌려서 마이 소라를 바라보았다.

"보답하겠다고 하겠으니 말씀드리죠. 2011년 3월에 일본에 계시지 마십시오."

"네?"

"2011년 3월에 일본에 계시면 위험할 수도 있습니다."

"변호사라고 하더니 점쟁이신가 봐요?"

"하하하…… 뭐, 비슷한 능력이 있다고만 알아주십시오. 그럼 이만."

노형진은 몸을 돌려서 바깥으로 나갔고 그녀는 잠시 고민하다가 핸드폰을 들었다.

"2011년 3월이라……."

그녀는 핸드폰에 뭔가를 저장하기 시작했다. 그리고 그것은 그녀의 목숨을 건지는 신의 한 수가 되었다.

⚖️

　"별일 없었습니까?"

　노형진이 안에서 나오자 은근히 기대하는 얼굴로 바라보는 사람들.

　"별일 있었습니다."

　"오오오!"

　"하하하, 여러분이 생각하는 그런 일은 없었습니다."

　"아깝군요. 그럼 도대체 무슨 일이 있다는 겁니까?"

　그 말에 노형진은 미소를 지었다.

　"이구환, 찾았습니다."

　　⚖️

　"여기라고요?"

　그들이 노형진과 함께 안으로 들어간 곳은 일본에 있는 5성급 호텔 12층에 있는 로열 룸이었다.

　"네, 마이 소라 씨의 말씀으로는 끝까지 포기하지 못하고 자기 방 호수를 알려 주고 갔다고 하더군요."

　그는 자신을 찾아오기를 바라면서 준 것이겠지만 정작 그곳에 찾아온 것은 마이 소라가 아닌 노형진이었다.

　'드디어 잡았다, 이 개새끼.'

정확하게 특정된 위치만 찾는다면 어디로 가는지 알 수 있다. 그렇다면 이동하다 보면 그 녀석이 어디 있는지도 알아낼 수 있을 것이다.

"이곳에서 확인해 보니 일주일 정도 지냈다고 하더군요."

원래는 불법이지만 권강수는 직원에게 막대한 돈을 주고 그가 여기서 지냈다는 사실을 알아냈다. 이곳에서 지내면서 기다렸지만 마이 소라는 결국 오지 않았다. 그렇게 일주일이 지나자 성화의 경호원들이 안전을 위해 그를 끌고 간 것이다.

"하지만 여기에 있었다 해도 상당한 시간이 지났습니다. 더군다나 호텔에 어디로 간다고 이야기하지는 않았다고 하던데요?"

하긴 호텔에 그런 걸 이야기하고 가는 사람은 없을 것이다.

"제가 알아서 찾아보겠습니다."

"네?"

권강수는 고개를 갸웃했다. 전에 있던 곳은 그래도 그의 집이었으니 자신들이 발견하지 못한 뭔가가 있을 수도 있다. 그런데 여기는 호텔이다. 모든 것이 다른 방과 똑같다.

"그냥 바깥에서 기다려 주십시오."

"그거야 어렵지 않습니다만……."

"조용한 상황에서 제가 그의 입장에서 생각해 보는 게 좋다고 생각하거든요. 그럼 어디로 가고 싶은지 알 수 있을 겁니다. 그에 대한 정보는 충분하니까요."

"그런가요?"

고개를 끄덕거린 권강수가 조용히 바깥으로 나가자 노형진은 천천히 호텔의 안쪽을 돌아보았다.

여기저기에 보이는 수많은 물건들.

"음……."

노형진은 그가 가장 많이 썼을 만한 물건을 찾아보기 시작했다. 물론 그럴 가능성이 가장 높은 것은 침대이기는 하다. 하지만…….

"이런 곳에 있는 침대는 이게 곤욕이란 말이지."

잠깐 기억을 읽었지만 그 안에서 나오는 것은 일본 AV를 방불케 하는 엄청난 포르노의 향연. 그 속에서 뭔가를 찾는 것은 시간이 너무 오래 걸릴 것 같았다.

"음……."

노형진은 이리저리 돌아다니다가 시선이 고정된 것은 다름 아닌 리모컨이었다. 그리고 그의 한 가지 가능성을 찾아냈다.

"이구환이 포르노 중독이었지?"

포르노 중독인 이구환이 포르노의 대국인 일본에 왔는데 과연 일반 방송을 봤을까? 노형진은 그런 생각이 들면서 미소를 지었다.

"그리고 생각보다 리모컨은 접촉이 적단 말이지."

계속 리모컨을 잡고 있는 사람이 드무니 읽을 수 있는 기억도 침대보다는 적을 수밖에 없다. 그 덕분에 노형진은 얼마 지나지 않아 이구환에 대한 기억을 찾아낼 수 있었다. 아니나 다를까.

'아주 환장을 했구만.'
한 손에는 리모컨을 든 채로 그는 끊임없이 채널을 돌려 가면서 한국에서 보지 못한 수많은 성인 방송들을 찾아보고 있었다.
'참새가 방앗간을 그냥 지나갈 리가 없지. 안 그래?'
그는 끊임없이 성인 방송을 봤고 나중에는 아예 별도로 결제해야 하는 방송들까지 보기 시작했다. 즉, 본격적으로 포르노를 보기 시작한 것이다. 그리고 거기서 노형진은 한 가지 사실을 알 수 있었다.
'북해도.'
북해도.
일본의 최북단으로 겨울에는 상당히 추운 곳이다. 그리고 의외로 외진 곳이기도 하다. 일본의 영화 감독들이 광활한 대지가 필요할 때 가서 영화를 찍는 곳이 북해도일 만큼 그곳은 넓다. 당연히 숨어 지낼 만한 곳이 많다.
'아무리 성화라고 해도 이 녀석을 몇 년 동안 특급 호텔에 묵게 할 리 없지.'
돈이 문제가 아니다. 특급 호텔에 몇 년씩 묵으면 눈에 띌 수밖에 없다. 아무리 돌아서 다닌다고 해도 말이다. 사실 눈에 안 띄는 곳은 의외로 멀쩡한 집이다. 누구도 남의 집에 들어갈 생각을 하지는 않으니까.

'다음 장소는 안전 가옥이군.'

이구환은 포르노를 보면서 마음을 진정시키려고 하고 있었지만 동시에 두려워하고 있었다. 성화에서 미리 준비한 안전 가옥으로 가서 그곳에서 지낸다고 했다. 장소는 북해도에 있는 무슨 농장이었다. 정확한 주소는 모른다. 그를 경호, 아니 감시하고 있는 작자들이 알려 주지 않은 것이다. 그저 북해도에 있는 작은 농장을 사서 안전 가옥으로 쓴다는 것이 다였다.

'쯧쯧쯧.'

그의 기억을 더듬으면서 노형진은 혀를 끌끌 찰 수밖에 없었다. 이 상화에서 그가 가장 걱정하는 것은 혹시나 그곳에 인터넷과 성인 방송이 들어오지 않을까 걱정하는 것이었다.

'비참하군.'

평생을 부모의 말대로 공부만 했고 사람들과 어울리는 법도 모르고 1등만을 위해 달려왔다. 그리고 그런 그를 위로해 준 것은 오로지 음란물뿐이었다. 그런데 이제는 그것에 빠져서 모든 것을 버리다니.

"후우."

노형진은 리모컨에서 손을 떼고는 머리를 흔들었다. 한고 비 넘어가니 또다시 한고비가 생긴 것이다.

"북해도라……. 문제는…… 작은 농장이 너무 많다는 건데."

북해도에 농장은 엄청나게 많다. 당연히 그곳이 어디에 있 는지 알 수가 없었다. 아마도 이동하는 순간까지 정확한 위 치는 이구환에게 알려 주지 않은 모양이었다.

노형진은 어떻게 해야 하나 고민하다가 문득 끝내주는 방 법이 생각났다.

"문제는 내가 어떻게 북해도에 대해서 알아냈는지에 대한 핑계를 대는 건데."

사실 이런 상황에서 북해도까지 가는 것은 생각보다 먼 거 리를 가는 것이다. 아마도 흔적을 지우기 위해 그러는 모양 인데, 그런 상황에서 노형진이 갑자기 북해도로 갔다고 말할 수는 없는 노릇.

"북해도…… 북해도……."

노형진은 한참 고민하다가 손바닥을 탁 쳤다.

⚖️

"북해도라."

"제가 봐서는 가능성이 높습니다."

"그렇지요? 역시 노 변호사님은 대단하십니다. 우리는 이

이것이 법이다

런 것까지는 생각도 못했습니다."

노형진은 뇌물을 주고 그가 투숙한 날짜에 유료로 구입한 영화 목록을 받았다. 기억 속에서 그가 북해도 관련 영화를 많이 찾아봤다는 사실을 알아채고는 매월 정산해야 하는 것 때문에 호텔에서 해당 기록을 가지고 있어야 한다는 점을 이용한 것이다. 그리고 권강수에게는 그걸 기준으로 판단했다고 이야기했다.

"북해도는 이구환에게 전혀 다른 새로운 곳입니다. 당연히 걱정되었겠지요. 그러니 정보를 모으기 위해 이런 영화들을 골랐을 겁니다."

"북해도…… 북해도……. 그런데 너무 넓지 않습니까?"

"사람이 없는 곳을 골랐을 겁니다. 아마도 외딴 농장 같은 것이겠죠. 북해도에는 한국인이 별로 없습니다. 당연히 한국인이 돌아다니면 눈에 띌 겁니다. 그러니 작은 농장같이 인적 드문 곳을 고를 겁니다."

"그런가요?"

"네."

아무리 한국 사람이 일본어를 잘 배워도 일본 사람이 들으면 티가 나기 마련이다. 일본 사람이 한국어를 잘 배워도 한국 사람이 듣기에는 다르듯이 말이다.

더군다나 이구환은 일본어를 하긴 하지만 아주 잘하는 것은 아니었다. 그러다 보니 자기 딴에는 구애한답시고 마이 소라한테 이야기했겠지만 마이 소라는 그걸 거의 요구나 협박으로 받아들인 것이고 말이다.

"그렇게 티가 납니까?"

"많이 납니다. 대표적인 사건이 관동대지진 당시에 벌어진 십오 엔 오십 전 학살 사건이죠."

"십오 엔 오십 전 학살 사건?"

"네."

일본에 관동대지진이 일어났을 때 일본 정부는 불만을 다른 곳으로 돌리기 위해 한국인들이 우물에 독을 타거나 사람을 죽이거나 방화해서 일본인들을 죽이려고 한다는 거짓말을 유포했고 방어라는 이름으로 경찰이나 군대를 동원하여 한국인들을 무차별적으로 학살하였다.

이때가 일제강점기인지라 일본어를 잘하는 한국 사람들이 많았기에 살기 위해 일본인이라고 거짓말하곤 했는데 그때 일본군이 쓴 방법이 바로 '십오 엔'과 '오십 전'이라는 한자를 읽도록 하는 것이었다.

일본어로 읽으면 '쥬고엔'과 '고짓센'이라고 발음되는 데에 비해 한국인이 발음하면 특유의 버릇으로 인해 약간 다르게 발음되는 점을 이용한 것이다. 당연히 다르게 발음되면 무조건 죽여 버리는 잔악한 학살극을 벌였다.

"하여간 그런 상황이라면 시선을 피하기 위해서라도 분명 어딘가 작은 농장에 숨어 있을 겁니다."

"그런데 그 농장을 어떻게 찾죠?"

수많은 농장이 있는데 그중에서 어떻게 사람을 찾을 수 있단 말인가?

"방법이 없는 건 아닙니다."

"네?"

"이 사건에서 우리를 이끈 건 이구환의 성적 취향이죠. 그걸 따라가면 됩니다."

"성적 취향?"

"그 녀석은 심각한 포르노 중독입니다. 당연히 성인 채널을 신청하지 않겠습니까? 최근에 성인 채널을 다수 신청한 곳을 일단 의심해 보면 되지 않겠습니까?"

"아!"

아무리 일본이라고 해도 죄다 성에 환장하지는 않는다. 애초에 유료라서 할 수가 없다. 더군다나 농장이라면 일을 해야 하니 신청해 봐야 한 개, 많아야 두 개 정도일 것이다.

"하지만 이구환은 일을 할 수도 없습니다. 하루 종일 집에 갇혀서 지내겠지요."

"그렇군요. 그렇다면 상당한 양의 성인 채널을 신청했을 가능성이 높겠네요."

"그것만 찾아낼 수 있다면 그 녀석이 있는 곳을 특정할 수 있을 겁니다."

"하하하."

권강수는 헛웃음이 나왔다. 자신들은 누구도 찾지 못하고, 심지어 중국에 있다는 생각에 끊임없이 중국만 뒤졌다. 그런데 노형진은 순식간에 그를 찾아내고 근접하기까지 했다.

"그 녀석은 조만간 우리 손에 들어올 겁니다."

노형진은 득의양양하게 미소를 지었다.

이것이 법이다

토사구팽

"진짜 춥네요."

아직은 한겨울이다 보니 북해도는 엄청나게 추웠다. 그리고 도시 바깥으로 나가자 그들의 눈앞에 펼쳐진 것은 넓은 눈으로 이루어진 광활한 밭이었다.

"이 정보가 확실한 걸까요?"

"확실하면 좋겠지만 그러길 기대해야지요."

노형진이 확실한 증거를 찾아내자 대룡에서는 모든 선을 다 동원해 해당 지역 내에서 성인 방송을 갑자기 많이 신청한 곳을 찾기 시작했다. 그 결과, 지난 일주일 사이에 무려 열다섯 개나 되는 유료 성인 방송 채널을 신청한 작은 집을 찾을 수 있었다. 보통은 한두 개, 많아 봐야 다섯 개를 안 넘는 상황에서 무려 열다섯 개나 되는 유료 채널이 신청된 것은 특이한 일이었기에 노형진은 그곳에 이구환이 있을 거라는 확신을 가지고 있었다.

"일단 그 녀석을 잡고 나면 모든 문제가 해결될 겁니다."

"다만 데리고 가는 게 문제이기는 하네요."

자신들은 경찰이 아니다. 물론 고소하기는 했지만 아직 정확하게 형이 확정된 것이 아니라서 범죄인인도 조약을 통해 그를 넘겨받을 수 없다. 따라서 겁을 주든 협박을 하든 설득을 하든 스스로 움직이게 하는 수밖에 없다.

"과연 움직이려고 할까요?"

"하도록 해야지요."

그러면서 노형진은 고개를 돌렸다. 거기에는 그가 탄 차량을 따라오는 다른 차량들이 보였다. 현재 성화도 그곳에 경호원들을 배치한 상황이라 싸움을 피할 수가 없으니 그걸 위해 추가적인 인원을 데리고 온 것이다.

'응? 뭐지?'

그걸 보던 노형진은 뭔지 모를 위화감이 들어서 고개를 갸웃했다.

'뭔가 이상한데…… 뭔가…… 이상.'

그리고 다음 순간 뭐가 이상한 건지 한 번에 알아챌 수 있었다. 하얀 설원 위를 달리는 시커먼 자동차들. 무심결에 차를 빌리다 보니 하필이면 검은색을 선택한 것이다. 물론 검은색은 상대방에게 위압감을 줄 수 있는 색이기는 하다. 하지만 문제는 여기가 하얀 설원이라는 것.

"이런 젠장! 얼마나 남았어요?"

"네?"

"거리 말입니다! 얼마나 남았어요!"

"2킬로미터 남았는데요?"

"이런 염병할!"

노형진이 갑작스럽게 그렇게 반응하자 다들 고개를 갸웃했다.

"차 색요! 너무 검습니다! 설원에서는 너무 튄단 말입니다!"

"아차!"

그제야 권강수는 깨달았다. 하얀 설원에서 세 대의 시커먼 차들이 달리고 있으니 눈에 들어오지 않을 리 없다.

"어쩌지요?"

"끄응……."

돌아가기에는 너무 가까이 와 버렸다. 안 봤다면 모르겠지만 봤다면 도망갈 가능성이 너무 높다.

'돌아가서 기회를 노려?'

하지만 자신들을 봤다면 어디론가 도망칠 것이다. 그렇다면 아무리 기억을 읽는다 해도 찾는 데에 한계가 있을 수밖에 없다. 만일에 일본이 아닌 전혀 다른 제3국으로 가 버리는 경우에는 아예 방법이 없다고 봐도 무방하다.

"달려요! 최대한!"

"네?"

"이렇게 된 이상 기습은 물 건너갔습니다. 달려요!"

그 말에 급가속하는 차.

부아아앙.

선두의 차량이 급속하게 앞으로 치고 나가자 무전기로 연락받은 다른 사람들도 차량을 빠르게 몰기 시작했다.

노형진은 망원경을 꺼내서 농장이 있는 방향을 바라보았다.

'젠장, 역시 걸렸어.'

혹시나 하고 기대했지만 벌써 바깥에 차가 나와 있거나 시동을 거는 등 도망갈 준비를 하는 게 보였다.

"도로를 막아요! 어차피 눈밭이라 도로만 막으면 도망치진 못합니다!"

그 말에 세 대의 검은색 승합차가 나란히 달리면서 도로를 틀어막았고 유일한 도로가 막히자 그쪽에서 잠시 소란이 일어나는 듯하더니 안으로 들어갔다가 나오는 것이 보였다. 그들의 손에는 흉흉한 무기들이 들려 있었다.

"끄응."

노형진은 신음성을 흘렸다. 최대한 기습하려고 했는데 그마저도 실패한 것이다.

"숫자가 적지 않군요."

듣기로는 두 명이 따라다닌다고 했는데 여기서 보니 못해

이것이 법이다

도 열 명은 되어 보였다.

"이쪽이 많습니다. 그러니 걱정하지 마십시오."

권강수는 자신감을 내비쳤다. 하지만 숫자가 많다고 해도 아주 근소한 차이다. 노형진을 빼고 나면 열세 명. 방심할 수 있는 숫자는 아닌 것이다.

"조심하십시오. 이구환이 도망치기 전에 잡아야 합니다."

"어차피 사방이 눈밭입니다. 도망가지 못합니다."

권강수는 그렇게 말하면서 가죽 장갑을 꼈다.

"다들 준비해! 절대로 한 놈도 놓치지 마라!"

"네!"

급속도로 달려가는 차량이 바로 코앞에서 급브레이크를 밟으면서 멈췄다. 그러자 차에서 경호원들이 뛰어내렸다.

"야! 밟아! 죽여!"

소리를 지르면서 달려오는 남자들. 그걸 보고 노형진은 얼굴을 찌푸렸다.

'조폭인가?'

하는 행동으로 봐서는 정상적인 경호 훈련을 받은 사람은 아니었다.

"뒈져, 씨발아!"

각목을 휘두르면서 다가오는 남자. 권강수는 자신의 윗도리를 벗어서 그대로 각목을 노리고 휘둘렀다.

"으헉!"

싸움이 안 될 것 같지만 사실 권강수는 주머니 안에 지갑 같이 무거운 물건을 넣어 둔 상태였기에 윗도리는 휘리릭 돌면서 각목을 감싸 버렸다.

"젠장."

조폭은 당겨 봤지만 각목은 꿈쩍도 하지 않았다. 그때 권강수가 그를 당겼다.

"어어."

순식간에 끌려오는 조폭의 얼굴에 권강수는 그대로 스트레이트를 날렸다. 끌려가는 와중에 강력한 스트레이트를 맞은 조폭은 코피를 흘리면서 바닥에 쓰러졌다.

"이 녀석들, 별놈들 아니다! 빨리 잡아!"

"네!"

여기저기서 난투가 벌어지고 있었지만 노형진은 안도의 한숨을 내쉬었다. 숫자가 많은 데다가 실력 차이가 너무 나서 그다지 어렵지 않게 제압할 수 있을 것 같았던 것이다.

그 순간 날카로운 살기가 노형진을 덮쳤다.

노형진은 바닥을 데굴데굴 굴렀다. 그러자 그 위로 '횡.' 하는 소리와 함께 쇠 파이프가 지나갔다.

"씨팔!"

노형진이 고개를 들었을 때 조폭 중 한 명이 노형진을 노리고 달려오는 것이 보였다.

'이런 염병.'

노형진은 격투술을 배운 적은 없었다. 아니, 설사 배웠다고 해도 조폭을 상대할 정도는 아니었을 것이다.

'어쩌지?'

노형진은 그가 휘두르는 쇠 파이프를 이리저리 굴러 피하면서 주변을 둘러봤지만 완전히 난전이 된 상태여서 도와줄 사람이 없었다.

"좀 뒈져, 이 새끼야!"

노형진이 계속 피하자 짜증이 난 듯 남자는 아예 집요하게 그만을 노리기 시작했다. 노형진은 주변을 두리번거리다가 그대로 집의 코너 쪽으로 뛰기 시작했다.

"너 이 새끼! 거기 안 서!"

남자는 노형진이 코너로 숨자 더 볼 것도 없이 코너를 돌아서 따라가려고 했다. 하지만 그게 노형진이 노리는 것이었다.

"으아아악!"

노형진이 코너를 돌자마자 몸을 낮추고 기다리고 있다가 다리를 걸어 버린 것이다. 주먹질을 할 수도 있지만 그랬다가 본능적으로 휘두른 쇠 파이프에 맞으면 자신만 손해 볼 테니까.

"크악!"

생각지도 못한 공격에 조폭은 바닥을 데굴데굴 굴렀고 쇠 파이프도 그의 손의 벗어나서 바닥에 떨어졌다.

"이런 싯팔."

그는 코피가 줄줄 흐르는 얼굴로 노형진을 바라보았다.

"이 씹 쌔끼가 뒈지려고 작정했구나?"

그의 눈에 광기를 본 노형진은 바닥에 떨어진 쇠 파이프를 집어 들었다. 그러나 상대방은 피식 웃었다.

"아가야, 네가 사람을 죽여 본 적이 있냐? 사람 죽이는 거, 보통 일이 아니다."

하긴 노형진의 외모는 누가 봐도 아주 어려 보이니 어쩌면 당연한 반응인지도 모른다. 하지만 그는 잘못 생각한 게 있었다.

"그거 별거 아닐 것 같은데?"

노형진의 등 뒤에서 나타나는 남자, 정운찬이었다. 그의 손에는 벌써 피범벅이 된 각목이 들려 있었다. 그걸 본 남자는 자신도 모르게 침을 꿀꺽 삼켰다.

"노 변호사님, 괜찮으십니까?"

"네, 다른 사람들은?"

노형진은 코너 너머를 보고는 자신도 모르게 움찔했다. 그가 달려왔던 길에 최소 네 명이 바닥에서 나뒹굴고 있었는데 하나같이 무릎 부분이 박살 난 채 바닥에 누워서 끙끙거리면서 비명을 지르고 있었던 것이다.

"끄응……."

"아아……."

그들은 비명을 지르고 싶었지만 그럴 수가 없었다. 비명을

이것이법이다

지를 때마다 그 옆에 있는 남자들이 사정없이 두들겨 팼기 때문이다.

"끄아악!"

결국 버티지 못하고 한 명이 비명을 지르자 그 옆에 있던 남자가 쓰러진 남자의 면상을 발로 차 버렸다.

퍽!

얼굴이 휙 돌아가면서 허공을 날아가는 하얀 물체들.

"입 닥치라고 했습니다. 그 뜻 모릅니까? 영원히 입 닥치게 만들어 드릴까요?"

순식간에 이빨을 왕창 잃어버린 남자는 눈물을 흘리면서 남은 이빨이라고 지켜 보겠다고 입안으로 주먹을 밀어 넣어서 울음소리를 삼켰다.

"으으으……"

그걸 본 노형진을 따라오던 조폭은 자신도 모르게 오줌을 싸고 말았다.

"보면 알겠지? 비명을 지르면 더 고통스러울 거야."

피범벅이 된 쇠 파이프를 치켜드는 정운찬이었다.

"제…… 제발……"

위협을 느낀 조폭은 구원을 바라는 얼굴로 노형진을 바라보았다. 조폭질을 하고 남을 등쳐 먹고 다닌 그라 해도 다른 사람도 아닌 소시오패스 앞에서는 맹수 앞의 초식동물이 될 수밖에 없었다.

"권 팀장이 찾습니다."

노형진이 말리려고 하는 찰나, 정운찬이 말을 먼저 꺼냈다. 즉, 일이 방해받고 싶지 않다는 뜻이리라.

"후우."

노형진은 잠시 그들을 보다가 고개를 돌렸다.

"죽이지는 마세요."

"죽이지는 않습니다."

확실히 죽이지는 않을 것이다. 물론 평생을 다리 병신이 되어서 절뚝거리면서 살아야겠지만 말이다.

"끄아아악!"

등 뒤에서 들리는 비명 소리를 애써 무시하면서 다시 앞으로 향하자 싸움은 거의 끝나 가고 있었다.

"도대체 이 사람들은 뭡니까?"

권강수는 완전히 질려 버렸다는 얼굴이 되어 노형진에게 다가왔다.

"저희 새론의 경호 팀입니다"

"경호 팀요? 이건 경호가 아니라 학살입니다."

"학살은 아니죠. 죽은 놈은 없었으니."

넓은 마당에는 피를 뚝뚝 흘리는 조폭들로 가득했다. 공통점은 그들의 무릎뼈가 박살 나 있다는 것. 무릎뼈는 박살 나면 재생이 불가능하다. 따라서 평생을 절뚝거려야 한다.

"이분들이…… 좀…… 극단적이죠."

노형진의 계획에 따라 소시오패스를 기반으로 만들어진 경호 팀은 단 하나의 목적만 생각한다. 바로 새론의 변호사들의 보호. 그리고 그 과정에서 미리 위협이 된다고 생각하면 절대로 용서란 없었다.

"그래도 그렇지."

　권강수는 질렸다는 얼굴이 되었다. 그럴 수밖에 없는 게 이런 싸움은 보통 팔다리 하나 부러지면 끝난다. 하지만 저들은 집요하게 무릎을 노렸다. 결코 재기시키지 않겠다는 의미였다.

"좀 특이한 사람들이기는 하지요."

　사실 이들은 싸움에 들어오기 전 피부에 미리 준비한 국소 마취제를 바른 상태였다. 그 덕분에 상대 깡패들이 기겁할 수밖에 없었다. 전력을 다해 때렸는데 상대방은 고통에 몸부림을 치기는커녕 히죽 웃으면서 그들이 휘두른 무기를 두 손으로 잡아서 빼앗았기 때문이다.

　야수 같은 분위기에, 그런 기괴한 행동까지 더해지니 얼어붙을 수밖에 없었던 조폭들은 그사이 경호 팀에게 무기를 빼앗기고 무릎이 박살 났다.

'후우, 진짜 무섭기는 무섭네.'

　소시오패스들은 목적만 부여되면 그걸 이룩하기 위해 수단과 방법을 가리지 않고 피도, 눈물도 없이 행동한다고 듣기는 했지만 싸움이 있을 거라는 말에 어디선가 가지고 온

국소마취제를 바르는 모습을 보고 형진은 혀를 내두를 수밖에 없었다.

하물며 그들에 대해 전혀 정보가 없는 권강수는 어떻겠는가? 아군인데도 불구하고 등이 서늘하고 머리카락이 삐쭉서는 느낌이었다.

"일단 들어가서 이야기하죠."

경호원들은 반병신이 된 조폭들을 끌어서 한곳으로 모으는 사이 노형진은 집으로 향했다. 드디어 이번 사건의 주범을 잡을 수 있는 순간이 된 것이다.

그때였다.

"끄아아악!"

갑자기 처절한 비명이 터져 나왔다. 문제는 그 비명이 집 안에서 터져 나왔다는 점이다.

"뭐야?"

"적이다!"

사람들이 후다닥 집으로 뛰어들려 한 순간 문이 열리면서 손에 회칼을 든 남자 한 명이 튀어나왔다.

"죽어! 이 씨팔 새끼야!"

다짜고짜 가장 가까이에 있는 노형진에게 달려드는 남자. 하지만 노형진 역시 호락호락한 사람은 아니었다. 그는 본능적으로 몸을 살짝 돌리면서 달려오는 남자의 멱살을 잡고는 그대로 메쳐 버렸다.

"크엑!"

등짝에서 느껴지는 강력한 통증에 그가 비명을 질렀지만 그 통증은 별것도 아닌 일이 되어 버렸다. 주변에 있던 경호 팀이 그를 미친 듯이 밟기 시작했기 때문이다.

노형진은 그의 손에 들린 칼을 보고 절로 욕을 내뱉었다.

"이런 젠장!"

그의 칼에는 피가 묻어 있었다. 하지만 안쪽에서는 싸움이 일어난 적이 없는 데다가 방금 전 그 비명이 왠지 꺼림칙했다.

"서둘러요!"

그가 두들겨 맞든 말든 노형진은 안으로 뛰어들었다.

그렇게 2층 침실로 들어간 그의 얼굴에는 절망감이 서렸다.

"젠장!"

침대에 누워서 목에서 흘러나오는 피를 막기 위해 바둥거리는 남자. 그는 누가 봐도 이구환이었다.

'실수했다.'

생각해 보면 이구환은 이번 사건의 핵심이자 가장 강력한 증인이다. 과연 그런 그가 성화의 손을 벗어나 다시 대룡에 넘어가게 되었을 때 성화가 그냥 둘까?

'그럴 리 없지.'

분명 어떻게든 방해할 것이다. 어떤 방법을 쓰더라도 말이다.

"당장 나가서 구급차 불러요! 어서!"

노형진은 그에게 다가가서 목의 상처를 틀어막았다. 하지만 흘러나오는 피를 막을 수가 없었다.

'이런 젠장.'

목을 칼로 그어 버리면 사실상 거의 살릴 방법이 없다. 동맥이 지나가는 데다가 상처를 압박하기 위해 강하게 누르면 질식하고, 약하게 누르면 과다 출혈로 사망하는 탓이다. 그만큼 확실하게 죽일 수 있는 방법이다. 그걸 알고 노린 걸 봐서는 아마도 그 녀석은 비상시 그의 뒤처리를 하기로 한 사람이었을 것이다.

"젠장, 이봐!"

노형진은 그의 목을 잡았지만 피가 꿀럭꿀럭 흘러넘치는 것을 막을 수는 없었다.

"컥컥컥."

"크윽."

노형진은 순간 손을 떼고는 그를 내려다보면서 부들부들 떨었다.

"이런 염병⋯⋯."

접촉하는 순간 흘러들어 오는 엄청난 공포, 두려움, 죽음의 느낌.

'젠장.'

그동안 죽음에 대해 몇 번이나 영사했지만 그건 잔류 기억을 읽은 것뿐이다. 하지만 지금 이구환은 죽어 가고 있었기에 그 느낌은 과거의 기억을 읽는 것과는 비교할 수 없을 정도로 고통스러웠다.

"크으⋯⋯."

하지만 노형진은 부들부들 떨리는 손으로 그를 바라보았다. 그 순간 노형진이 읽은 기억은 배신에 대비해 그가 세운 대책이었다.

"젠장! 이구환! 어디냐! 증거는 어디에 감춰 둔 거야! 말을 해!"

이구환은 성화가 그다지 좋은 곳은 아니라는 것을 알고 있었다. 돈 욕심 때문에 대룡을 배신했지만 성화를 완전히 믿은 것도 아니었다. 그래서 그들이 배신할 때를 대비해 성화와의 통화 내역과 관련 증거들을 모조리 감춰 뒀다.

"끄르륵!"

그의 기억을 읽어 낸 노형진은 그를 붙잡고 다그쳤다.

"증거들 어디다 뒀어! 이구환!"

"크르륵."

하지만 말을 하지 않는 그였다. 아니, 말을 할 수가 없었으리라. 피가 흘러넘쳐 기도가 막혔을 테고 이 정도 칼이 깊이 들어갔다면 성대 역시 상했다고 봐야 하니까.

"방법이 없나."

구급차가 온다고 해도 얼마나 걸릴지 모른다. 이곳은 아주 멀리 있는 동떨어진 농장이니 못해도 30분 이상은 걸릴 것이다. 아무리 노력해도 이구환을 살릴 방법은 없다.

"후우."

노형진은 심호흡을 했다. 이런 경우는 방법은 하나뿐이다. 사이코메트리. 하지만 섣불리 손이 가지 않았다.

"빌어먹을."

그 찰나의 순간에 노형진의 정신 방어를 뚫고 들어온 고통과 두려움, 죽음의 느낌이 소름 끼칠 정도로 무서웠는데, 제대로 읽는다는 것은 생각만 해도 두려운 일이었다. 하지만 그의 기억을 읽어 내지 못한다면 대룡은 이번 싸움에서 필패할 수밖에 없다.

"그래…… 하자. 어차피 한번 죽었던 것, 두 번은 못하겠냐."

천천히 마음을 다잡은 노형진은 침을 꿀꺽 삼키고 그에게 손을 뻗었다. 노형진은 원래 살해당해서 다시 회귀한 것이다. 즉, 그 자신은 인식하지 못하고 있겠지만 죽음에 대해 기억하고 있을 가능성이 높다. 그렇다면 반응은 둘 중 하나다. 그걸 떠올리고 적응하든가, 아니면 미쳐 버리든가.

"이구환! 기억해 내, 증거들! 너를 배신한 성화에 한 방 먹을 수 있는 기억을 빨리 떠올려!"

노형진은 그의 손을 잡고 그렇게 유도하면서 기억을 더듬기 시작했다. 그러자 그와 동시에 엄청난 고통과 두려움이 닥쳐왔다.

"으으윽!"

죽음에 대한 공포는 사람을 미치게 만들 정도로 위험하다. 더군다나 지금 이구환은 죽어 가는 중이다. 그것도 고통스럽게 말이다.

"으으으으으."

노형진의 온몸이 사시나무 떨리듯이 떨렸다. 두려움, 공
포, 절망.

'도망…… 도망가야 해.'

마음 한구석에서 일어나는 강력한 생각. 하지만 이성은 그
런 그를 붙잡고 있었다.

'이번에는 물러날 수 없어…… 절대로. 죽음이 대수냐? 한
번 겪어 본 것, 두 번 세 번 겪어도 상관없잖아? 난 버틸 수
있어.'

애써 그 생각을 이겨 내려고 노력하는 노형진. 하지만 다
음 순간 온몸에 힘이 빠지는 듯한 느낌이 들었다. 지독한 공
포감에 자신도 모르게 바지가 뜨듯해지는 느낌도 들었다. 자
신도 모르게 오줌을 싼 것이다.

'으으으.'

그러나 그것에 신경 쓸 틈은 없었다.

노형진는 애써 정신을 집중했다. 이걸 이겨 낼 수 있는 방
법이 있을 것이라고 생각하면서.

'뭐냐? 어떻게 하는 거냐…….'

분명 자신은 한번 죽었던 사람이고 회귀했음에도 불구하
고 죽음에 대한 공포를 기억하지 못하고 있었다. 과거는 다
기억하는데 그것만 기억하지 못한다는 건 말이 안 된다. 즉,

그 공포를 이겨 낼 만한 뭔가가 있다는 것.

'응?'

이구환의 기억을 읽으면서 내면 깊숙이 들어가던 노형진은 알 수 없는 느낌에 멈칫했다.

'뭐지? 안도감? 포근함? 죽음이 왜?'

도무지 죽음과는 상관이 없어 보이는 작은 감정. 그것은 점점 커져 가고 있었다.

그 감정에 접촉한 노형진은 갑자기 진정되기 시작했고 그제야 그의 기억을 제대로 더듬을 수 있었다.

"이구환…… 너를 배신한 성화다. 그 녀석들에 대한 증거는 어디에 둔 거지? 너의 잘못을 바로잡을 수 있는 유일한 기회야."

그 말에 동조하는 것인지 원한 때문인지는 모르겠지만 그 안도감이 커질수록 이구환은 기억을 가다듬기 시작했고 노형진은 자신이 그 기억에 이끌려 어딘가로 끌려간다고 느꼈다.

'어디냐……. 어디에 감춘 거냐.'

노형진은 그 기억을 읽으려고 최대한 노력했고 자신의 죽음을 직감한 이구환 역시 그 기억에 매달리고 있었다. 그때 갑자기 뭔가 확 하고 노형진의 머릿속으로 파고들었다.

"이런."

생각지도 못한 곳에 대한 기억이 터져 나오자 노형진은 기가 막혔다. 아까 잠깐 읽은 기억대로 이구환은 관련 증거를 모조리 어딘가에 감춰 두었는데 그게 드디어 나타난 것이다.

"끄르르륵."

그 순간 그의 숨이 넘어가면서 그대로 기억이 팍 끊어져 버렸다. 노형진은 재빨리 손을 떼려고 했다. 그러나 그대로 얼어붙어서 손을 뗄 수가 없었다.

"빛."

저 멀리 보이는 빛. 자신을 강렬하게 부르는 빛.

그게 그를 격하게 부르고 있었다.

그리고 그곳에 가면 모든 것이 다 끝날 거라는, 고생을 하거나 고민할 이유도 없다는 그런 강력한 확신이 들었다.

"빛……."

노형진은 자신도 모르게 그 빛을 향해 천천히 다가갔다. 보이는 것은 오로지 그 빛 하나뿐이었고, 다른 건 다 필요 없게 느껴졌다.

"아름답다."

그 빛을 만지기 위해 손을 내미는 노형진. 그때 그의 시선에 다른 사람의 손이 보였다. 그리고 노형진은 자신도 모르게 그 손을 바라보았다.

"이구환."

손의 주인은 이구환이었다. 완전히 혼이 나간 듯한 얼굴. 그는 천천히 빛으로 손을 들이밀었다. 그리고 그가 손을 대는 순간 갑자기 강력한 빛이 그를 쫘악 끌어당기기 시작했다.

소리도, 고통도 없었지만 한순간 이구환의 모습이 일그러지면서 그 빛으로 흡수당했다. 그것을 본 노형진은 정신이 번쩍 들었다.

"잠깐!"

그는 갑자기 왠지 모를 거부감이 들면서 손을 뒤로 빼려고 했다. 그때 갑자기 생긴 흡입력이 그를 빨아 당기기 시작했다. 노형진은 이를 악물고 그에 저항했다. 하지만 그 흡입력은 상상 이상으로 대단해 결국 그 빛 안으로 끌려 들어가기 시작했다.

"으아아아!"

노형진은 사력을 다해 저항했지만 역부족이었고 결국 그의 몸의 일부가 그 빛에 닿았다. 그 순간 그 빛이 하늘로 쭉 치고 올라가면서 노형진의 기억은 그대로 끊어지고 말았다.

⚖️

"으아악!"

노형진은 비명을 지르면서 자리에서 일어났다.

"형진아!"

"헉헉헉……."

노형진은 격하게 뛰는 심장을 진정시키면서 옆으로 고개를 돌렸다. 거기에는 자신이 아는 사람이 있었다.

"어머니? 누나?"

그는 자신의 옆에 왜 어머니와 누나가 있는지 순간 이해하지 못했다. 하지만 시야가 또렷해지면서 그 뒤에 있는 배경이 뭔지 깨닫게 되자 그녀들이 왜 여기 있는지도 이해가 갔다.

"병원?"

그 뒤에 보이는 것은 병원의 하얀 벽이었다.

"형진아, 괜찮아?"

"어…… 응? 으…… 응…… 그런 것 같은데?"

"이것아! 우리가 얼마나 걱정했는데!"

어머니는 깨어난 노형진을 붙잡고 서럽게 울었고 노형진은 순간 이해하지 못했다.

"누나, 어떻게 된 거야? 내가 왜 병원에 있는 거야?"

"너 무려 한 달이나 혼수상태였어."

"한 달!"

노현아의 말에 노형진은 깜짝 놀랐다. 이구환에게 사이코메트리를 하다가 깜깜해진 기억은 있었다. 그런데 한 달이라니?

'그게 죽음의 순간이었던 건가?'

노형진은 갑자기 소름이 쫘악 돋았다.

'죽을 뻔했다.'

만일 그 빛의 기둥에 빨려 들어갔다면 어찌 되었을까? 아마도 볼 것도 없이 죽었을 것이다. 단순히 스치고 지나갔다는 것만으로 무려 한 달이나 혼수상태라니.

"한 달이란……."

"도대체 왜 쓰러진 거야! 쓰러질 이유가 없었다면서?"

"아…… 과로인 모양이야."

"무슨 일을 그렇게 해! 우리가 얼마나 걱정했는지 알아!"

노현아는 진심으로 노형진에게 화냈다. 그럴 수밖에 없다. 일본 출장 중에 갑자기 쓰러져서는 무려 한 달이나 병원에서 혼수상태였다니.

"미안……. 일을 좀 줄일게. 아, 재판!"

그 순간 노형진은 정신이 번쩍 들었다. 한 달이 지났다는 건 재판이 거의 끝날 시점이라는 걸 뜻하기 때문이다.

"재판! 대룡의 사건은 어떻게 된 거야?"

"야! 너 지금 일 줄인다고 한 지 3분도 안 지났어."

"이번 일만 끝나면 쉴게. 그러니까 빨리 전화기! 어서!"

"야!"

노현아는 마구 화냈지만 결국 어쩔 수 없이 노형진에게 전화기를 건넸다. 노형진은 그걸 받아 들고는 새론으로 전화했다

"노 변호사! 드디어 깨어난 건가? 몸은 좀 어때?"

전화기 너머에서 들리는 송정한의 목소리. 그는 무척이나 반가워했지만 노형진은 대구할 시간이 없었다.

"인사는 나중에 하겠습니다, 송 대표님. 대룡의 정전기식 터치 특허 사건 어떻게 되었습니까?"

"지금 이 상황에서 일 이야기가 나오나?"

"급합니다."

"오늘 오후에 4시에 결심일세."

"네?"

노형진은 고개를 들어 시계를 바라보았다. 오전 11시 43분.

"이런 젠장!"

노형진은 벌떡 일어났다. 시간이 없었다. 물론 다시 재심해서 2심으로 갈 수도 있겠지만 그때쯤에 시장에 대응하기에는 너무 늦다.

"야! 어디 가!"

환자복을 입고 뛰는 노형진을 보고 기겁하는 노현아.

"누나! 나 차! 빨리빨리!"

"너 지금 일어난 거거든!"

"급하다고! 안 가면 나 택시라도 잡아타고 갈 거야!"

"야!"

"형진아!"

"어머니, 죄송해요! 지금은 일이 급해서 나중에 말씀드릴게요!"

노형진이 슬리퍼를 신고 후다닥 뛰어 나가자 노현아는 황당해하는 어머니를 보다가 어쩔 수 없이 일어나서 외투를 걸쳤다.

"엄마, 걱정하지 마. 내가 따라가서 바로 병원으로 데려올게."

"빨리 데리고 오거라. 이제 일어난 아이가⋯⋯."

"저 녀석이 일중독인 게 어디 하루 이틀이야?"

노현아는 헐레벌떡 노형진을 따라 나섰다. 그사이 그는 병원 바깥에서 택시를 부르고 있었다.

"택시!"

"야! 어딜 가려고!"

"급해! 시간이 없어! 누나, 차 있지?"

"차야 있지."

"그거 좀 빌려줘."

"웃기지 마. 너 지금 일어난 지 10분도 안 지났거든? 내가 운전한다."

노현아는 차를 가지고 왔다. 물론 그 과정에서 간호사들이 와서 난리법석을 떨기는 했다. 이제 막 혼수상태에서 깨어난 환자가 움직일 수 없다고 말이다.

"내가 책임집니다. 이거 감금이에요. 감금."

노형진은 어쩔 수 없이 겁을 주면서 간호사들이 물러나게 했다.

사실 감금은 아니다. 의사는 의료 상황에 대해 우선권이 있으니까. 하지만 간호사들은 그 말에 어쩔 수 없이 뒤로 물러났고 노형진은 누나가 가지고 온 차에 후다닥 올라탔다.

"당장 달려."

"어디로?"

"시화호!"

"뭐?"

"시화호로 가! 어서!"

그 말에 노현아는 전속력으로 차를 몰기 시작했다.

⚖️

부아아아앙!

거친 파열음을 내면서 도착한 곳. 그곳은 허름한 낚시터였다. 시화호 옆에 있는 낚시터에는 평일이라서 그런지 사람들이 얼마 되지 않아 공허했다.

"여기는 왜 온 거야?"

"여기에 주요 증거가 있어. 오늘 안에 가지고 가야 해."

"여기에?"

그 말에 노현아는 주변을 둘러보았다. 제대로 된 건물도 보이지 않는 이곳에 무슨 증거가 있단 말인가?

"중요한 증거야."

노형진은 낚시터 옆에 있는 허름한 비닐 건물로 들어갔다.

"어서 오세요."

그 안에 있던 늙은 남자는 삐걱 소리가 들리자 안쪽에서 나왔다.

"여기에 이구환 씨가 맡긴 물건 있죠?"

"이구환? 그런 사람 모르는데?"

"모르긴요. 당신 동기일 텐데?"

그 말에 남자의 눈빛이 살짝 흔들렸다.

"모른다니까요."

"이구환 씨, 죽었습니다. 살해당했지요."

"헙!"

그 말에 남자가 사색이 되었다. 이구환은 그의 초등학교 동창으로 가끔 여기에서 낚시해서 서로 친하게 지내긴 했다.

"그…… 그게 무슨 말이오?"

"몇 달 전에 이구환 씨가 보관해 달라고 맡긴 게 있을 텐데요?"

"그런 거…… 없소."

그 말에 노형진은 그를 뚫어지게 바라보았다.

"그 말, 후회하지 않을 수 있습니까? 이구환 씨는 그것 때문에 목숨을 잃었습니다. 만일 그게 있다는 사실이 다른 누군가의 귀에 들어간다면 당신의 목숨도 안전하지 않을 텐데요?"

"……."

그 말에 아무런 말도 못 하는 낚시터 주인.

"그걸 주십시오. 그럼 표적은 우리가 될 겁니다."

"……."

"돈이 목숨보다 아깝습니까?"

"크윽……."

아마도 보관의 대가로 돈을 받기로 했을 것이다. 하지만

이구환은 죽었고 더 이상 돈을 받기는커녕 목숨이 위험하다
고 하자 그는 고개를 푹 숙였다.

"주십시오."

"후우…… 알겠소."

그는 노형진을 데리고 비닐하우스 뒤의 하얀색 아이스박
스로 가득한 곳으로 갔다. 그리고 그중 하나를 꺼내서 뚜껑
을 열었다.

"엄마야!"

호기심에 그걸 보던 노현아는 그걸 보고 기겁하면서 후다
닥 뒤로 물러났다. 그도 그럴 것이 그 안은 꿈틀거리는 벌레
로 가득했던 것이다.

"좋은 생각이군요."

이런 곳에 물건이 있을 거라고 누가 생각이나 하겠는가?
낚시에 쓰는 벌레를 만드는 공장.

"아무리 뒤져도 이런 곳은 안 뒤지는 법이지."

그는 고무장갑을 끼고는 꿈틀거리는 벌레들로 가득한 흙
더미 속으로 손을 밀어 넣었다. 그러자 잠시 후 몇 번이나 꽁
꽁 감싼 한 무더기의 물건이 나왔다.

"이거요."

"주십시오."

"그게…….'

"얼마에 받으기로 하셨습니까?"

"500만 원……."

"지금 주시면 계좌로 보내 드리죠. 만일 안 주신다면 이구환 씨와 같은 결과가 나와도 저희는 책임 못 집니다."

"음……."

결국 그는 흙을 툭툭 털어서 노형진에게 건넸다. 노형진은 비닐을 뜯어서 그 안에 있는 정보들을 확인했다.

"확실히 보내 주는 거요?"

"계좌 번호 주십시오."

노형진은 그에게서 계좌 번호를 받은 후 바로 그걸 들고 차로 돌아왔다.

"누나, 이제 법원으로 가야 해."

"지금?"

"그래, 최소 4시 이전에는 도착해야 해."

"힘들어."

시계를 확인한 노현아는 얼굴을 찌푸렸다. 아무리 밟는다고 해도 그건 무리였다.

"신호고 뭐고 다 무시하고 달려."

"야!"

"도착하면 내가 새 차 사 줄게."

그 말에 노현아는 침을 꿀꺽 삼켰다. 그녀가 가진 차는 아버지의 차를 물려받은 것이기 때문이다.

"아…… 진짜…… 미치겠네……. 아…… 엄마가 바로 병원으로 데리고 오라고 했는데."

결국 고민하던 노현아는 차로 가서 문을 열었다.

"외제 차로 사 줘."

"얼마든지."

노형진은 잽싸게 앉아서 안전벨트를 맸다.

⚖️

"다음, 92234호 사건, 결심하겠습니다."

판사는 사건 기록을 보고는 원고석과 피고석에 있는 양측 변호사들을 바라보았다.

'쯧쯧…….'

그 둘 사이에는 냉랭한 한기가 돌고 있었다. 다른 점이 있다면 성화 측은 승리를 장담하고 있는 듯한 얼굴인 반면 대룡 측은 패배를 예감한 듯 죽을 것 같은 얼굴을 하고 있다는 점이랄까?

"이번 사건에 관련하여 원고 성화 측의 기록을 바탕으로 판단하였을 때 그 개발의 시점은 거의 비슷하다고 볼 수 있으며 그 실험 결과나 일정을 봤을 때 그 내용이 무척 흡사하고 그 결과까지 동일하여 실질적으로 무단으로 복제했을 가능성이 높다고 볼 수 있으며……."

판사의 말이 나올 때마다 대룡 측 변호사는 고개를 푹 숙였고 성화 측 변호사의 콧대는 점점 높아졌다.

"이에 대하여 재판부는 성화가 청구한 사용 금지 가처분 신청을……."

막 판결을 하려는 찰나, 갑자기 문 바깥이 웅성거리더니 벌컥 열리면서 한 사람이 들어왔다

"재판장님! 결심을 멈추어 주십시오! 새로운 증거가 나왔습니다!"

"이봐요! 들어가면 안 된다니까!"

법원 경비는 환자복을 입고 들어가려고 하는 노형진을 붙잡고 당겼지만 노형진은 그를 뿌리치면서 안으로 들어가려 했다.

"무슨 일입니까?"

판사는 그쪽으로 고개를 돌렸고 노형진은 손에 들린 물건을 번쩍 들었다.

"판사님, 사건에 관련하여 중요한 증거가 있습니다! 한 번만 봐 주십시오! 아니, 들어 주시기만 해도 됩니다!"

"이봐요! 이거 법정 소란 죄예요!"

노형진을 어떻게든 끌어내려고 하는 경비원.

"이봐요! 나 변호사란 말이오! 병원에서 급하게 와서 이렇지, 정식 변호사요!"

노형진이 아등바등하자 판사는 얼굴을 찌푸렸다.

"변호사?"

"그렇습니다, 판사님. 법무법인 새론의 노형진입니다."

그 말에 판사는 위임장을 확인하고는 고개를 끄덕거렸다.

"놔주세요. 변호사 맞습니다."

그 말에 경비는 잠시 판사와 노형진을 번갈아 보다가 손을 놔줬고 노형진은 슬리퍼를 질질 끌면서 안으로 들어왔다

"감사합니다, 재판장님."

"감사할 것 없소. 단순히 시간을 끌려고 이런 거라면 법정 모독으로 체포할 테니까. 중요한 증거라는 게 도대체 뭐요?"

"이겁니다."

노형진은 봉투에 담긴 서류를 내보였다. 대충 담겨 있는 서류를 본 성화 측 변호사는 코웃음을 쳤다.

"무슨 말도 안 되는 소리입니까? 저런 게 무슨 증거라고. 재판장님, 피고 측은 시간을 끌기 위해 수작을 부리는 겁니다."

그게 뭔지 모르는 그는 코웃음을 쳤지만 노형진이 녹음기를 꺼내자 살짝 불편한 얼굴이 되었다

"이걸 듣고서 과연 그런 소리가 나올까요?"

그럴 수밖에 없는 게 종이라는 것은 위조하기가 쉽다. 그러니 무슨 증거든 위조라고 몰아붙이면 된다. 하지만 목소리는 아니다. 위조하기도 어렵고 설사 한다 해도 몇 번의 간단한 검사만으로도 위조 여부가 나와 가장 부정하기 힘든 증거라고 할 수 있다.

"재판장님, 이것은 얼마 전 사망한 대룡그룹의 수석 연구

원인 이구환이 녹음한 것입니다."

노형진이 버튼을 누르자 녹음기에서 녹음된 내용이 흘러
나오기 시작했다.

─뒷수습을 진짜 약속하실 수 있는 겁니까?

─이보게나, 이 팀장. 우리가 자네한테 거짓말해서 뭐하겠나? 자
네가 기록만 가지고 온다면 충분한 대가를 준다니까?

─하지만 유지열 상무님, 아무리 저라 해도 위험한 일입니다.

─무려 20억이야. 20억. 위험에 대한 대가로는 충분한 거 아닌가?

─으음…….

─막말로 자네가 여기서 평생 일한다고 해도 그 돈이 나오는 건
아니지 않은가? 우리가 일본까지 가는 준비를 다 해 주겠다니까.

─하지만 유지열 상무님, 해당 자료는 적지 않습니다. 차세대 화면
에 적용될 거라 저희가 개발한 것이기는 하지만 모든 자료에 접근하
는 게 쉬운 것은 아닌데요?

─우리가 언제 모든 자료를 다 달라고 했나? 우리가 만들었다는
정도의 자료면 된다네. 그건 어렵지 않지?

─확실히 어려운 부탁은 아닙니다만…….

─그럼 이렇게 하지. 자네가 가지고 온다면 20억 말고도 일본 정
착에 필요한 모든 자금을 우리가 대도록 하지. 그리고 자네, 일본에
좋아하는 사람이 있다며? 그러니까 한번 가서 만나 봐. 혹시 알아,
그 여자가 자네가 좋다고 할지?

이것이 법이다

-진짜요?

-이봐, 이 팀장. 여자란 결국 돈을 보고 움직여. 자네가 돈이 있는데 거절하겠어? 설사 거절한다고 해도 우리 힘으로 자네 옆에 앉혀 줄 수 있다니까.

유지열이라는 사람의 말은 계속되고 있었는데 주요 내용은 정보만 가지고 온다면 상당한 보상을 하겠다는 것이었다.

-우리가 큰 요구를 하는 건 아니네. 개발된 터치 방식에 대한 전반적인 내용이야. 완성품일 필요는 없어.

-그럼 약속하신 겁니다.

-그럼 이 사람, 속고만 지냈나? 그 정전기식 터치 방식, 그거 하나면 된다네. 솔직히 자네를 제대로 인정해 주지 않는 곳이 있어 봐야 얼마나 있겠나?

그렇게 두 사람은 이야기를 끝내고 있었다.

"유지열이라는 이름은 성화전자의 기술개발 팀에 상무로 있는 자임을 알아냈습니다. 이 녹음이 사실이라면 애초에 신기술인 정전기식 인식 장치의 개발자는 대룡이라는 뜻이 되며 이를 고의적으로 빼돌리고 그것도 부족해서 이를 빼앗기 위해 허위 사실을 기반으로 고소를 진행한 것은 성화라는 뜻이 됩니다."

생각지도 못한 녹음 내역이 성화 측 변호사는 아무런 말도 못하고 멍하니 환자복을 입은 노형진을 바라볼 수밖에 없었다.

"음……."

판사는 잠시 고민하다가 성화 측 변호사를 바라보았다.

"성화 측 변호인, 성화전자에 진짜로 유지열이라는 상무가 있습니까?"

"에…… 그게…… 그게……."

말을 못하지만 알고 있었다, 그가 있다는 사실을. 하지만 여기서 그렇다고 말할 수는 없었다.

"잘 모르겠습니다. 확인해 봐야 합니다."

"이번 증거는 이번 사건에 대해 상황을 판단할 수 있는 가장 강력한 증거이므로 결심을 취소하고 다시 변론에 들어가겠습니다. 변론은 이주일 뒤로 하겠습니다. 원고와 피고는 새로운 증거에 맞는 주장을 제출하시기 바랍니다."

그 말에 상황이 극적으로 바뀌었다. 다 이긴 싸움이라고 방심하고 있던 성화 측 변호인은 그대로 축 늘어졌고 대룡의 변호를 맞은 새론의 변호사들은 벌떡 일어나서 환호성을 질렀다.

"만세!"

"만세!"

노형진은 그걸 보다가 순간 다리가 풀려 주저앉아 버렸다.

"어?"

"형진아!"

뒤에 서 있다가 다급하게 뛰어오는 노현아. 그녀는 쓰러진 노형진의 팔을 부축해서 일으켜 세웠다.

"왜 이러지?"

"당연히 이러지! 너 한 달간 혼수상태였다고! 무슨 뜻인지 모르겠어? 한 달이나 아무것도 못 먹었단 말이야!"

"아, 그렇구나."

"'그렇구나.'라는 말이 나와, 지금?"

다급한 마음에 잔뜩 긴장해서 몰랐는데 생각해 보면 한 달이나 움직이지 않았으니 몸이 이럴 만하다. 영양제야 계속 주사를 맞아 섭취했지만 근육은 움직이지 않았으니 이렇게 될 수밖에 없었던 것이다.

"노 변호사님, 감사합니다."

환호하는 변호사들의 감사의 인사를 받으며 노형진은 스르륵 잠에 빠져 들었다. 그 짧은 시간을 돌아다닌 결과, 체력을 다 소모해 버린 것이다.

"감사의 인사는 나중에 해 주세요……. 전…… 내일부터 휴가라고 전해 주시고요……."

그게 노형진이 한 마지막 말이었다.

"내가 못 산다, 진짜."

그걸 보고 노현아는 깜짝 놀랐지만 이내 고르게 숨을 쉬는 노형진의 모습을 보고는 안도의 한숨을 내쉬면서 고개를 흔들 수밖에 없었다.

내 자식이 아니다

"노 변호사, 환영하네."

"감사합니다."

노형진이 충분히 쉬고 다시 출근하자 송정한을 비롯한 수많은 사람들이 그를 열렬하게 환영해 줬다.

"자네는 진짜 기적을 만드는 사람이군. 하하하."

노형진이 가지고 온 증거 서류에는 이번 사건과 관련된 모든 기록이 있었다. 언제 어디서 어떻게 돈을 받았으며 자료는 어떻게 누구에게 넘겨줬는지 등등. 게다가 그들을 만날 때마다 녹음하기까지 했다.

'이구환이 바보는 아니었어.'

잘못된 선택을 하기는 했지만 그는 한 거대 기업의 개발 팀장을 할 정도로 머리가 좋았다. 그래서 성화가 배신할 가능성을 염두에 두고 관련된 증거를 충분히 준비해 놓기까지 했다.

"재판은 어떻게 되었나요?"

"어떻게 되긴. 당연히 압도적으로 이겼지. 하하하."

증거가 너무나 명확해 이길 수밖에 없었다.

그렇게 되자 대룡은 성화를 산업스파이 혐의로 고소하는 한편 손해배상을 청구해, 대룡의 미래에 치명타가 될 뻔했던 사건을 도리어 성화의 미래에 치명타가 되도록 만들어 버렸다.

"더군다나 이번 일은 생각지도 못한 좋은 일이 있다네."

"좋은 일?"

"그래, 이번 일로 대룡의 새로운 핸드폰의 홍보가 엄청나게 되었거든."

세계 최초의 정전기식 터치 폰.

안 그래도 대룡에서는 재판에서 승리한다고 해도 어떻게 홍보해야 하나 고민하고 있었다.

그러나 워낙 큰일이고 성화라는 거대 기업이 증거 조작까지 했다는 사실이 언론에 계속 나오면서 그 이유인 대룡의 신형 핸드폰 이야기가 나오지 않을 수가 없어 도리어 엄청난 홍보가 되어 버렸다.

"이런 경우를 전화위복이라고 할 수 있다네. 벌써부터 그렇게 최신 기능을 가진 폰이라면 사겠다고 난리야."

성화가 그렇게 무리해서라도 빼앗고자 했던 핸드폰이라는 말에 기대감을 품게 된 많은 사람들이 출시되길 기다려서라도 구입하겠다는 의사를 밝히고 있었다.

"이게 자네 덕분일세."

"뭘요."

"아닐세. 자네가 아니라면 이건 진짜 방법이 없었어."

모든 증거들이 저쪽에 넘어가 있는 상황에서 이길 방법이 없어 보였다. 그런데 노형진이 확실한 한 방을 챙겨 온 덕분에 싸움에서 승리할 수 있었다.

"그러면 다행이지요. 하하하."

"그나저나 대룡에서 자네가 부탁한 걸 이제 시작하려고 한다고 하는데 진짜로 하려는 건가?"

"벌써요?"

"대룡이 달리 대기업이 아니지 않은가? 하고자 한다면 못할 게 없지."

"그렇기는 하지요."

노형진은 그렇게 말하면서 고개를 끄덕거리면서도 내심 놀랐다.

'역시 사업가라는 건가?'

그가 제시했던 조건. 그건 다름 아닌 범죄자들이 취업할 수 있는 기업을 만들어 주는 것이었다.

사실 사람들은 범죄자라고 하면 무조건 배척하고 쓰지 않으려고 한다. 그러나 그중에는 그래서는 안 되는 사람도 있다. 바로 돈이 없어서 아기의 분유를 훔친 아버지처럼 어쩔 수 없이 범죄자가 되는 생계형 범죄자들이다.

특히나 대한민국에서는 철저하게 '유전 무죄, 무전 유죄'의 규칙이 적용되어 돈이 없는 생계형 범죄자들은 어쩔 수 없이 감옥에 갔다 오는 경우가 많았는데, 그렇게 전과를 달게 되면 취업이 힘들어져서 계속 범죄를 저지르는 악순환이 계속되고 있었다.

"그나저나 범죄자들이 과연 일할까?"

"할 겁니다. 조건은 '생계형 범죄자들에 대해서만.'이니까요."

원래부터 남을 속인 녀석들이나 조폭은 걸러 내면 그만이다. 어쩔 수 없이 도둑질을 한 생계형 범죄자들은 대룡에서 싼 가격에 고용하여 일을 맡기게 할 생각이었다.

"대룡도 손해 보는 건 아니니까요."

"그건 그렇지."

어차피 대룡도 사람은 뽑아야 한다. 범죄자들에게는 미안하지만 범죄자라는 사실 때문에 취업에 제한이 있는 그들은 다른 사람에 비해 좀 낮은 가격을 주더라도 불만을 가지기 힘들었기에 대룡은 새로운 핸드폰을 낮은 가격에 만들어서 보급할 수 있을 것이다.

'이게 범죄율이 낮아지는 효과를 불러오면 좋을 텐데.'

사실 노형진이 막고자 하는 것은 단순히 돈을 아끼기 위한 것이 아니다. 현 대통령이 극단적인 부자 만능주의자인 데다 수많은 실책을 저질러 극단적 빈익빈 부익부 현상이 벌어지고 경제가 엄청나게 망가졌다. 그 결과, 사람들은 어쩔 수 없이 생계형 범죄를 저지른 뒤 재기할 방법이 없어 마지막 선택을 할 수밖에 없게 되었다.

'혼자 죽는 것도 아니고.'

문제는 그런 사람들이 가족들과 동반 자살을 선택한다는 것. 특히나 어린아이들을 죽이고 죽는 경우가 많았다. 그걸 막기 위해 노형진이 조건을 단 것이다. 반드시 막을 수는 없겠지만 최소한 기회를 주기 위해서 말이다.

"그나저나 자네에게 초대장이 왔다네."

"초대장요?"

"그래, '설마.'라고 하는 일이 가끔 벌어지는 일이지."

"네?"

노형진이 고개를 갸웃하는 사이, 송정한이 뭔가를 꺼내서 건넸다. 그걸 받아 든 노형진의 표정이 묘해졌다. 그도 그럴 것이 거기에는 문석규라는 이름이 쓰여 있었기 때문이다.

"이 무슨……."

"자네가 제발 청첩장만 보내지 말라고 했다면서?"

"하하하, 설마."

청첩장을 열면서 이름을 확인한 노형진은 어이가 없어서 피식 웃었다.

"김화란이네요."

"이런 건 상당히 드문 경우지."

"그렇기는 하죠."

원래 문석규와 김화란은 원고와 피고로 만난 사이다. 정확히는 김화란이 강간 위험에 빠진 것을 문석규가 구해 줬다. 그런데 김화란이 도망가면서 그가 폭행범으로 처벌받을 위기에 놓인 것을 노형진이 구해 준 것이다. 그로 인해 둘 사이에 안 좋은 일도 있었고 고소가 진행되기도 했다. 그런데 이제는 서로 눈이 맞아서 청첩장을 보내오다니.

"세상일은 모를 일이라니까."

"격하게 공감합니다."

노형진은 그렇게 말하면서 그걸 주머니에 챙겨 넣었다. 어찌 되었건 좋은 일이니 축하해 줘야 하지 않겠는가?

"아! 그러고 보니 그 녀석은 어찌 되었대요?"

"누구?"

"이 사건이 범인이자 중매쟁이요."

송정한이 고개를 갸웃하자 옆에 있던 무태식은 손바닥을 치면서 이야기를 꺼냈다.

"아, 그 녀석요?"

"무 변호사님, 기억납니까?"

"그럼요."

하긴 그때 노형진과 함께 사건을 담당했던 사람이 바로 무

이것이 법이다

태식이었다.

"그 녀석, 죽었어요."

"네?"

생각지도 못한 말에 노형진은 깜짝 놀랐다. 죽었다니? 생각지도 못한 일이었다.

"죽다니요. 그게 무슨 말입니까?"

"정확하게는 죽었다고 추정되는 거죠."

"죽었다고 추정?"

"하긴 노 변호사님은 그때는 여기 소속이 아니었으니 잘 모르시겠군요."

그 당시만 해도 노형진은 개인 변호사로 일할 때라 단순히 협조해서 그 이후의 사건을 새론에서 처리해 뒷일에 대해서는 알지 못했다.

"뭐, 노 변호사님도 알다시피 우리나라 강간 처벌이 터무니없이 약하지 않습니까?"

"그건 그렇지요."

"더군다나 그때 그 사건은 강간 미수잖습니까. 그 덕분에 그 녀석, 집유 받고 풀려났습니다."

"끄응……."

그럴 가능성이 높다고 생각은 했지만 설마 진짜로 집유로 풀려났을 거라고는 생각하지 못했던 노형진은 어이가 없었다.

"그런데 왜 죽어요?"

"뭐, 개버릇 남 못 준다고 하잖습니까? 이번에는 비슷한 짓를 하다가 상대를 잘못 건드렸다고 하더군요."

"'하더군요.'라니?"

"제가 들은 것도 소문이니까요."

정확한 것은 아니지만 들리는 소문에 의하면 한국 사람을 강간하는 게 위험하다고 생각한 것인지 강건마는 신고할 수 없는 외국인을 노리기 시작했는데 그게 바로 중국인이었다. 중국인 밀입국자나 불법체류 중인 여자들을 강간하고 다니기 시작한 것이다.

"그런데요?"

"상대를 잘못 골랐죠."

그렇게 다니다 보니 아무래도 예쁜 여자를 먼저 건드리게 된 그는 어느 날 눈에 확 띄는 중국 아가씨를 보고는 강간했단다.

"그런데 그게 중국 조직의 여자였던 모양이에요. 그것도 보스의 여자."

"헐?"

사람들은 잘 모른다. 아니, 모르고 싶을 것이다. 한국에는 벌써 중국계 조폭들이 자리를 잡고 점점 세력을 넓히고 있는 상황이라는 사실을.

"단순히 신고하지 못할 것만 생각했지, 그다음을 생각하지 못한 거죠."

자기 여자가 강간당한 걸 중국 조폭이 그냥 넘어갈까? 그럴 리 없다.

"그래서요?"

"그래서는요, 무슨. 그 이후에 본 사람이 없었다는 뻔한 결말이죠."

"뻔하다라……."

"소문으로는 콘크리트 신발을 신었다고 하던데, 모르죠."

"아하!"

세력이 되는 조직이라면 밀입국을 위한 배쯤은 있을 것이다. 그렇다면 콘크리트 신발, 즉 발에 콘크리트를 부어서 바다에 버리는 건 어렵지 않은 일일 것이다.

"쯧쯧……."

노형진은 혀를 끌끌 찰 수밖에 없었다.

"강간범들은 진짜 대책이 안 선다니까요."

"그렇게 말입니다."

가장 높은 재범률을 가진 녀석들이다 보니 어찌 보면 이런 일이 벌어질 가능성이 높을 수밖에 없다. 그럼에도 불구하고 그걸 고치지 못하는 놈들은 어쩔 수가 없는 법.

"자초한 것이니 어쩔 수가 없죠."

"그건 그렇지요."

노형진은 그다지 불쌍하다는 생각은 들지 않았다.

"그나저나 이제 새로 시작하는 신혼부부에게는 참 반가운 선물이 되겠네요."

"그렇게요. 최소한 주선자이긴 한데 말이죠."

"그런가요? 하하하하."

⚖️

결혼은 결혼이고 일은 일이다.

그걸 아는 노형진은 열심히 일하고 있었다.

그런 그를 찾아온 사람은 지팡이를 짚은, 나이 많은 사람이었다.

"반갑습니다. 노형진입니다."

노형진은 최고령 의뢰인에게 조심스럽게 인사를 건넸다.

"의뢰하려고 하신다고요?"

"그렇다네."

하얀색으로 변한 머리, 자글자글한 주름, 피어나는 검버섯.

이제는 나이를 먹을 대로 먹은 노인이 분을 삭이지 못하겠는지 식식거리면서 말하자 며느리로 보이는 여자가 그를 걱정스럽게 바라보았다.

"무슨 일이신지요?"

"내 자식이 아니라는 놈인 걸 밝혀 주게."

"네?"

노형진은 순간 이게 무슨 소리인가 하다가 다시 한 번 확인차 물었다.

"혹시 친자 확인 소송을 말씀하시는 건가요?"

"그게 아니라……."

"그럼 친자 관계 부존재 소송을 말씀하시는 건지?"

"아닐세. 그게 아니라……."

"아버지, 진정하세요. 또 혈압 올라요."

옆에 있던 여자는 조심스럽게 그를 진정시키고는 설명하기 시작했다.

"우리 아버님이 흥분하면 말씀을 잘 못하셔서요."

"네, 그런데 누구신지?"

"박세린이라고 합니다. 천강우 화백님의 며느리예요."

"네."

역시나 며느리가 맞는 모양이다.

노형진은 고개를 갸웃했다.

'천강우? 천강우……? 귀에 익은 이름인데?'

한참을 생각해도 기억나지 않는 사람.

"저희 아버지는 화가세요. 주로 풍경화를 많이 그리시죠. 특히 유화 쪽에서 활동하세요."

"그러시군요……. 잠깐? 그 천강우 화백님? 〈비 오는 전신주〉의?"

"네."

"반갑습니다. 이런 유명한 분을 만나다니 영광입니다."

〈비 오는 전신주〉는 미술책에도 실릴 만큼 유명한 작품으로 해외에서도 극찬을 받은 작품이다. 그런 분이 여기까지 오실 줄이야.

"그런데 이번에 문제가 있어서요."

"문제라니요?"

"〈안개 낀 한강〉이라는 작품을 아시나요?"

"〈안개 낀 한강〉요? 모를 리가 있겠습니까? 그거 천강우 화백님의 대표적인 작품으로……."

노형진이 말하려는 찰나, 갑자기 천강우가 소리를 **빽** 질렀다.

"뭐가 대표적인 작품이라는 거야!"

"아버지, 변호사님은 모르시잖아요. 진정하세요."

"뭐가! 뭐가 대표작이라는 거냐! 난 본 적도 없는 작품인데!"

"네?"

그 소리에 노형진은 고개를 갸웃했다. 그가 알기로는 〈안개 낀 한강〉은 그의 대표적인 작품이다. 그런데 본 적도 없는 작품이라니? 더군다나 그 작품이 시중에 돈 게 한두 해도 아닌데 말이다.

"그게 말이죠, 아버지 말씀은 그러신데 다른 분들의 말씀은 좀 달라서요."

"네?"

이게 무슨 말이 안 되는 상황이란 말인가? 노형진은 순간 이해가 가지 않아 반문할 수밖에 없었다.

"그러니까 천강우 화백님께서는 그린 적이 없는 그림인데 다른 사람들은 천강우 화백님 그림이라고 생각한다는 건가요?"

"네."

"헐?"

말도 안 되는 상황이라 노형진은 어이가 없는 표정으로 명하니 두 사람을 바라보았다.

"이해가 안 되는데요. 그 작품이 돌기 시작한 지 시간이 상당히 흐르지 않았나요?"

"그렇지요. 하지만 저희 아버지는 인터넷을 안 하시거든요."

그 말에 노형진은 고개를 끄덕거렸다. 딱 봐도 나이 들어 보이니 인터넷을 할 분은 아닌 듯했다.

"그렇다고 우리가 아버지의 작품을 모두 관리하는 것은 아니고요."

"그런가요?"

"네, 아버지는 자기 작품을 직접 관리하세요. 저희는 작업실에 다가오지도 못하게 하시는걸요."

"그래요? 그런데 어떻게 아신 건가요?"

"그게……."

국립중앙박물관에서는 유명 작가의 작품을 복제하여 판매하는 사업을 하고 있다고 한다. 당연히 그 작품들은 국내 작가들의 작품이다. 그건 현장이나 인터넷으로 판매하는데 현장에는 가도 인터넷을 이용할 일은 없는 천강우 화백은 알지 못했다는 것. 더군다나 인터넷에 대해서는 완전 깜깜인지라 모를 수밖에 없었단다.

"그런데 어느 날 손님이 오셨어요."

개인적으로 아는 지인분인데 이런저런 얘기를 하다가 '화백님의 그림은 잘 보고 있습니다.'라고 인사했단다. 그에게 그림을 판 적이 없는 사실을 알고 있는 천강우 화백은 무슨 소리냐고 반문할 수밖에 없었고, 그 지인은 이런저런 이유로 국립중앙박물관에서 복제 그림을 가져다가 방에 두고 보고 있다고 대답한 것이다.

"그런데 그런 그림은 자신이 그린 적이 없다?"

"그렇습니다."

"흠……."

노형진은 그 말에 턱을 만지작거렸다.

"천강우 화백님, 진짜로 그런 그림을 그린 적이 없으신가요?"

"내가 이 나이 먹어서 무슨 부귀영화를 누리겠다고 거짓말을 하겠나? 그딴 그림, 난 그린 적도 없어. 딱 봐도 누가 내 화풍을 베껴서 비슷하게 그려 낸 것뿐이야!"

화가 나서 흥분하는 천강우 화백의 모습을 보니 확실히 그가 그린 게 아닌 것 같기는 하다.

"혹시나 작품을 부정하는 거라면 말씀해 주셔야 합니다."

작품 부정이란 화가 난 작가가 자신의 작품임을 부정하는 것으로, 원래는 그가 그린 게 맞지만 나중에 그 작품성을 통째로 부정하는 것을 뜻한다. 일종의 흑역사라고 할까?

"내가 부정하려면 부정하지, 애초에 그린 적도 없다니까! 젊은 놈이 귀가 먹었나!"

'카랑카랑한 목소리로 화내는 걸 보니 치매 같은 걸로 인한 사건은 아닌 것 같은데.'

노형진은 곰곰이 생각에 빠졌다.

"그림을 나한테 자식과 같은 거야! 그걸 부정했으면 했지, 아예 낳은 적이 없는 걸 뭐라고 하라는 거야?"

맞는 말이다. 예술가들에게 작품은 자식과 같다. 자신이 낳은 것, 만든 것을 모를 리 없다. 사람으로 치면 그린 후 부정하는 건 친권 부정 소송 같은 거다. 그런데 천강우 화백의 경우는 본 적도 없는 녀석이 갑자기 나타나서 자기 자식이라고 주장하는 거다. 남자라면 그럴 수도 있겠지만 작품에 있어서 작가는 어머니 같은 존재. 상당 기간을 고생하고 만들어 냈으니 모를 수가 없다는 게 문제다.

'어이없는 사건이네.'

노형진은 사건을 들으면서도 이해할 수가 없었다.

"그럼 도대체 누가 화백님 작품이라고 하는 건가요?"

"모조리!"

"네?"

"모조리 다 내 작품이래! 난 그린 적도 없는데 이게 무슨 개소리냐고! 그 어미가 낳은 적이 없는 녀석을 갑자기 사방에서 낳은 자식이라고 들이미는데 환장하겠어."

"모조리 다요?"

"그래, 그 평론가인지 뭔지 하는 그 망할 연놈들이랑 현대미술관이라는 개놈들도 다 내 작품이래."

"흠……."

노형진은 그 이야기를 듣고 어이가 없기도 했지만 냄새가나는 것 같았다.

"일단 접수는 해 드리겠습니다. 하지만 워낙 이상한 사건이다 보니 이길 수 있을지 확실하지 않군요."

"뭘 못 이겨! 화가가 그린 적이 없다는데 뭘 못 이겨!"

"아버지, 진정하세요."

"이게 진정할 일이야!"

하긴 그럴 만하다. 자신이 그린 적도 없는 물건을 팔아먹고 있으니 자존심이 상할 수밖에 없다.

"자자, 진정하시고."

노형진은 그를 진정시키고는 사건을 수임했다. 그러고는그 사건에 대해 확실하게 알아보기 위해 그 〈안개 낀 한강〉이라는 작품을 확인했다.

"흠……."

잘 그린 듯한 작품. 노형진은 그걸 보고 있다가 고개를 갸웃했다.

"비슷해 보이는데."

모든 작가들은 자신만의 화풍을 가지고 있다. 그런데 이 그림은 아무리 봐도 천강우 화백만의 화풍이 적절하게 녹아 있는 작품이었다.

"도무지 난 이해를 못하겠네."

그림 쪽에는 재능이 없는 노형진의 눈에는 그 그림이 그 그림일 수밖에 없었다. 비교를 위해 천강우 화백의 그림을 모조리 화면에 띄우고 비교해 봐도 너무 비슷해 보여서 도무지 본인의 것이 어떤 건지 알 수가 없었다.

"하아, 이건 진짜 난감한데."

수많은 사건을 해 봤지만 이런 예술계 작품은 한 번도 해 본 적이 없었던 노형진은 머리를 벅벅 긁을 수밖에 없었다. 물론 미국에서 해 본 적은 있지만 그건 소유권 분쟁이었지, 작가 본인의 그림이 아닌 것을 가리는 경우는 처음이었기에 뭐라고 할 수조차 없는 상황.

"좀…… 도움을 받아야겠는데?"

노형진은 결국 두 손 두 발 다 들 수밖에 없었다.

⚖️

"어허, 노 변호사가 모르는 것도 있어?"

"놀리지 마십시오."

"하하, 놀리는 건 아닐세. 하지만 자네가 모르는 게 있다는 게 신기해서 그래. 모든 사건에 완벽하게 대응하지 않았나?"

"그거야 그렇지만 이런 경우는 또 처음이잖습니까?"

"그야 그렇지. 하긴 이런 경우가 흔하겠어?"

"그러니까요."

차라리 위작 소송이라고 하면 전문가들을 데려다가 검증하면 그만이다. 그런데 정작 그린 사람은 내가 그린 게 아니라고 하고 전문가들은 화가가 직접 그린 것이 맞다고 하니 일반적인 위작 싸움과는 양상이 완전히 달랐다.

"혹시 잘 아는 분이 계신가요?"

"글쎄…… 내가 잘 아는 사람이라고 해 봐야 그저 그런 고미술상 정도지."

"그런 분들에게 전문가를 소개받을 수는 없습니까?"

"그 방법도 있겠군."

송정한은 고개를 끄덕거렸다. 그가 봐도 워낙 황당한 사건인지라 뭐라고 말해 줄 수가 없었다.

"일단은 내가 알아보겠네. 그사이에 자네도 좀 알아봐."

"네."

⚖

며칠 뒤 노형진은 송정한에게서 연락처를 받아 사전에 연락하고 만나기로 한 장소로 향했다.

"이번 사건은 진짜 이상하네요."

이것이 법이다

이은영 변호사는 사건 기록을 뒤적거리면서 고개를 갸웃했다. 아무리 생각해도 그녀의 입장에서는 이해가 가지 않는 모양이었다.

"이상하기는 하죠. 저도 이해가 안 가는데요."

노형진의 조사 결과, 이런 경우가 아예 없는 건 아니었다. 하지만 작가가 특정 작품의 작품성을 부정하는 것이 보통이라 이 사건과는 좀 다르고, 그 작품이 불미스러운 일에 연관되었을 때 그러는 경우가 많다는 특징이 있었다.

"해외에서는 작가가 부정하면 그걸로 끝이네요?"

"그게 정상이죠."

만일 작가가 해당 작품을 부정하면 그 작품은 실질적으로 위작이나 모작급의 취급을 받게 된다. 작가 본인이 가치를 부정하는데 누가 그걸 인정한단 말인가?

그런데 이번 사건은 그것과는 좀 다르다. 화가가 그린 적이 없다고 말하는 반면 전문가라는 사람들은 그 작품이 그 작가가 그린 것이 맞다고 하니.

"일단은 그쪽 세계 사람들을 만나 봐야지요."

노형진은 말하면서 제법 커다란 그림상을 바라보았다.

⚖

"실례합니다."

안에 들어가자 벽에 걸려 있는 수많은 그림들. 그리고 카운터에서 꾸벅꾸벅 졸고 있는 한 남자.

"실례합니다."

노형진은 인사를 건넸지만 그는 일어날 생각을 하지 않았다.

"실례합니다!"

좀 크게 불렀지만 여전히 일어나지 않는 그 모습에 노형진은 가벼운 한숨을 쉬면서 주변을 둘러보았다. 그러고는 천천히 벽에 걸려 있는 작품으로 향했다.

"이거 참 좋네."

슬쩍 손을 내밀려는 순간 그 뒤에서 컬컬한 목소리가 들려왔다.

"예술 작품에 손대는 싸가지 없는 새끼가 꼭 있다니까."

"그러면 제가 불렀을 때 대답하셨어야지요."

"딱 봐도 그림 사러 온 놈이 아닌데 왜 대답해?"

툴툴거리면서 몸을 일으키는 남자. 그는 안경을 쓰고는 게슴츠레한 눈으로 노형진을 바라보았다.

"그림은 안 사도 돈이 될 만한 건이 있으니까 온 거죠."

"그래? 그렇다면 내 반갑게 맞아 주지. 어서 오십시오, 손님. 뭘 도와 드릴깝쇼?"

"그냥 반말하세요. 새삼스럽게 존대하지 마시구요."

노형진이 다가오자 털썩 앉아서 그를 올려다보는 남자.

"그래서 왜 온 거야?"

"그림에 대해서 알아보려고요."

"그림?"

"〈안개 낀 한강〉이라는 작품 아세요?"

"알지. 그림 팔아먹는 놈이 그걸 모를까."

"그 뒷이야기는요?"

그 말에 그는 안경을 내리고는 노형진을 슬쩍 올려다본 뒤 다시 안경을 올려 썼다.

"김가가 이야기한 게 네놈이었냐?"

"그분이 누군지 모르지만 일단은 그렇다고 치죠."

"쯧쯧, 골 때리는 사건을 담당하게 되었구만."

그는 툴툴거리면서 구석으로 가더니 한 장의 그림을 꺼내 들었다.

"그건?"

"네놈이 말한 작품이다. 〈안개 낀 한강〉. 뭐, 알겠지만 국립중앙박물관에서 나온 놈이지."

"그런가요?"

실물을 처음 본 노형진은 이리저리 살펴보았다. 유화를 인쇄한 것이다 보니 유화 특유의 입체감과 질감은 없었지만 말이다.

"확실히 보면 천강우 화백의 그림과 비슷하지. 터치도 그렇고 질감도 그렇고. 내가 알 바는 아니지만 색감을 보면 아마 물감도 그 녀석이 쓰는 것이 맞을 거야."

"그럼 진짜라는 뜻인가요?"

"아니, 가짜야. 그것도 아주 자아알 만든 가짜."

"가짜?"

"그래."

그는 다시 안으로 들어가서는 몇 장의 그림들을 가지고 나왔다. 그러고는 그 위에 투명한 비닐을 그 위에 올리고는 선을 쭉쭉 긋기 시작했다.

"요즘은 복제할 방법이 넘쳐나지. 과거에 비해서 말이야. 심지어 그 화풍을 복제하여 그림을 그리기도 한다고. 아예 새로운 작품을 만들기도 하고 말이야."

그는 말하면서 계속해서 그림을 그렸다. 아니, 투명한 비닐에 선을 쭉쭉 그을 뿐이었다. 그렇게 한참을 그린 그는 널브러진 다른 그림들을 다시 둘둘 말아서 안쪽에 넣어 두고는 다시 〈안개 낀 한강〉을 꺼내 놨다.

"결과적으로 시대는 발전하는 법이지."

노형진은 이 사람이 도대체 무슨 말을 하는 건지 알 수가 없었다. 그림에 대해 잘 안다고 해서 조언을 얻고자 왔는데 비닐에 선을 그리는 것만 해 대다니.

"내가 이걸 보려고 무려 사흘을 고생했다. 400만 원 정도는 줘야지. 안 그래?"

"헐?"

이번 사건으로 받은 수임료가 1천만 원이다. 평소보다 많은 건 꼭 이겨 달라고 화가 본인이 직접 줬기 때문이다. 그런데 400만 원이라니.

"싫어?"

"아니요."

노형진은 고개를 끄덕거렸다. 어차피 돈 욕심 때문에 하는 일이 아니다. 더군다나 이번 사건은 그도 모르는 것이라 배울 게 있으니 충분히 지불할 생각이 있었다.

"좋아. 그럼 봐 봐."

비닐을 정리해서 〈안개 낀 한강〉 위에 차곡차곡 쌓아 올리고는 방향을 획 돌려서 노형진에게 내밀었다.

"이건?"

"그래, 이게 진실이지."

노형진이 봤을 때 그 선들은 절묘하게 맞아떨어졌다. 완전히 다른 그림들을 기준으로 선을 그었는데 그 모든 선들이 〈안개 낀 한강〉이라는 작품 안의 구도에서 나오고 있었던 것이다.

"이게…… 어떻게 된 겁니까?"

"어떤 놈인지 모르지만 기존의 있던 작품들의 구도를 교묘하게 따라서 베낀 거야. 여기서 조금, 저기서 조금. 그러면 작가가 주로 쓰는 구도가 나오거든. 붓 터치야 그걸로 먹고 사는 놈들이니 어려울 게 없을 테고."

"헐?"

"그저 그런 놈은 아냐. 베껴 그리는 것과 그걸 다 섞어서 새로운 걸 만드는 건 전혀 다른 이야기니까."

노형진은 〈안개 낀 한강〉이라는 그림에서 눈을 떼지 못했다. 한강에 서 있는 다리의 위치, 흐르는 강물의 폭, 서 있는 사람, 강 건너의 빌딩들. 그 모든 게 교묘하게 과거의 작품들과 선이 일치했다.

"그럼 이걸 그린 사람은 그 모든 걸 감안하고 위작, 아니 합성했단 말인가요?"

"그래."

"어이가 없군요."

"난 프로야. 그런 나도 무려 나흘이나 걸렸어. 평론가입네 모가지에만 힘주고 다니는 어중이떠중이들은 아무리 봐도 모를걸?"

"하루가 느셨네요?"

"시끄러워."

성격이 좋은 사람은 아닌 것 같지만 확실히 실력은 있는 것 같았다.

"아주 꾼이야, 이거."

기본적으로 위작이란 기존에 있던 작품을 똑같이 그려서 파는 것을 말한다. 아무리 위작 능력이 뛰어난 사람도 그 사람의 화풍을 복제하여 새로운 작품을 만들어 내는 것은 힘든 일이다. 그 순간 위작이 아닌 창작이 되기 때문이다.

'하지만 이런 식이면 가능할지도.'

위작이란 따라 그리는 것. 그러나 이 작품에서 조금, 저 작품에서 조금 따라 그려서 하나의 덩어리를 만들었을 때 그게 완전히 새로운 작품이 된다면 개별적으로는 위작이지만 전체적으로는 새로운 작품이 된다.

"이런 식이면 어중이떠중이들은 넘어갈 수밖에 없지."

"그렇군요."

노형진은 안도의 한숨을 내쉬었다. 이런 거라면 의외로 상황이 쉽게 해결될 거라는 생각이 들었다.

"그럼 이걸 가지고 가서 이야기하면 위작 판정이 나오겠네요."

그 말에 남자는 코웃음을 쳤다.

"안 날걸?"

"네?"

"안 난다고. 그건 확실해."

"아니, 어째서요?"

"평론가라는 새끼들이 얼마나 자존심이 강한지 모르는구만. 그 새끼들은 자기 눈깔이 틀렸다는 걸 인정하느니 작가가 치매가 왔다고 매장시키는 걸 선택할 놈들이야."

"끄으응……."

그 말에 노형진은 자신도 모르게 신음성을 흘렸다.

'그 문제가 있었네.'

자존심. 그건 이번 사건뿐만 아니라 모든 사건 전반에 나오는 현상으로, 약간의 손해를 감수하는 한이 있더라도 자기 자존심을 지키려고 소송하는 경우가 많다는 걸 감안하면 심각한 문제라고 할 수 있다.

사실 사건의 20%는 그런 식으로 생기는 사건들이다. 사과하고 합의하기보다는 끝까지 법대로 해서 자존심을 지키겠다는 싸움들.

"그 새끼들이 이걸 인정하고 순순히 물러나지 않는다는 쪽에 내 손모가지를 걸지."

"그 정도입니까?"

사실 그럴 것이다. 그들은 그냥 동네 평론가가 아닌 국립 중앙박물관 소속의 평론가들이다. 당연히 그들은 한국 최고의 평론가들이라 생각하고 있을 것이다. 그런 사람들이 과연 순순히 자기 잘못을 인정할까?

"그리고 돈 문제도 있지."

"돈 문제요?"

"그래."

"무슨 돈 문제요?"

"중앙 새끼들이 이거 복제해서 팔아먹었잖아. 얼마나 팔렸을 것 같냐?"

"아……."

맞다. 천강우 화백이 이 가짜 그림의 존재를 알아챈 것은 가짜 그림이 자신의 이름을 달고 팔리고 있었다는 걸 알면서였다.

"글쎄요……."

생각해 보면 이 사람이 꺼낸 그림도 중앙박물관에서 사 왔을 가능성이 높다. 아니, 그럴 수밖에 없다. 그걸 판 건 거기뿐이니까.

"그냥 사진으로 찍고 프린트한 것만으로도 천강우 화백 이름이 붙어 있으면 비싸지. 이거 8만 원이야."

"8만 원요?"

"그래."

"비싸네요."

말 그대로 누가 그린 것도 아니고 그냥 프린트한 것뿐이다. 그런데 8만 원이라니.

"만일 이게 가짜라는 게 드러나면 얼마나 문제가 될 것 같나?"

"글쎄요……. 환불해 줘야겠지요?"

"그래, 문제는 대량으로 팔아서 타격이 크다는 거지. 못해도 1만 장 이상은 팔았을걸?"

"1만 장요?"

"네."

그 말에 노형진은 기가 막혔다. 1만 장이면 한 장당 8만 원이니 8억 원이라는 소리가 된다.

"만일 이게 가짜라고 하면 거기 있는 개눈깔들이 얼굴에 먹칠하는 건 둘째치고 박물관의 입장에서는 8억이나 손해 봐야 하지. 아니지. 작가와 구입한 사람한테 줄 배상금과 제작비까지 생각하면 못해도 20억은 배상해야 하거든. 그러니까 절대 인정하지 않지."

"허."

결국은 자기 자존심과 더불어 금전적인 문제로 인해 창작자의 의견은 무시된다는 뜻이다.

'이게 무슨 개소리야?'

자기가 낳은 자식도 아닌데 자기가 낳은 자식이라고 판결하는 짓이라니.

"아마 절대로 인정하려고 하지 않을 거야."

"끄응…… 그러네요."

노형진은 작게 신음 소리를 냈다. 그래도 이런 확실한 증거가 있으니 말을 한번 해 보려고 했는데 딱 봐도 말이 통할 상황은 아닌 듯했다.

'하긴…… 인간이라는 게 그렇지.'

인간이란 자기 잘못을 인정하는데 무척이나 인색하다. 더군다나 소위 전문가라는 사람들은 더욱 그렇다. 그건 법 쪽도 예외가 아닌데 대표적인 예가 간첩 조작 사건들이다.

과거에는 간첩 조작 사건들이 많았다. 특히 60년대와 70년대에는 작은 불만만 가져도 간첩으로 몰고 갔고 그게 없으면 전혀 상관없는 사람들을 잡아다가 간첩으로 몰고 갔다. 재판부는 정권의 명령을 듣고 그들을 간첩으로 처벌했는데,

시간이 지나고 진실이 드러났음에도 불구하고 그들이 다시 무죄를 선고받기까지 40년이 넘는 시간이 걸렸다. 법원이 자신들이 잘못 판결했다는 걸 인정하지 않으려고 했기 때문이다.

"그럼 저 녀석들이 이번 사건에 대해 절대 인정하지 않을 거라는 말씀이죠?"

"그렇다니까, 아가씨."

이은영 변호사의 말에 남자는 확실하게 못을 박았다.

'아마도 그렇겠지.'

다른 사람도 아니고 이 바닥에서 오래 있었던 그가 확답하는 것이라면 그럴 가능성이 높다.

'결국 소송으로 가야 하나.'

노형진은 소송으로 가야 한다는 사실에 약간의 부담을 느꼈다. 경험이 없는 사건이다 보니 어떻게 해야 하나 고민이 됐던 탓이다.

"일단은 최대한 대화해 보는 쪽으로 해야겠네요."

노형진은 그렇게 생각했지만 세상은 그저 지켜보기만 하진 않을 모양이었다.

따르릉.

"응?"

노형진은 벨 소리에 고개를 갸웃하면서 전화기를 들었다. 액정에는 천강우 화백의 며느리인 박세린의 전화번호가 찍혀 있었다.

"네, 노형진입니다."

그런데 노형진이 받아 드는 순간 그 너머에서 다급한 목소리가 들려왔다.

"노 변호사님, 큰일 났어요!"

"무슨 일입니까? 설마 천 화백님이 화를 못 이기고 쳐들어가기라도 하신 건가요?"

"그러기 직전이에요. 지금 막 소송장이 도착했어요."

"소송장요?"

아직 그는 소장을 접수하지 않았다. 그런데 소송장이라니?

'설마……'

노형진은 설마 그런 병신 삽질을 하겠냐고 생각했지만 그동안 봐 온 인간 군상들을 생각하면 그 불안감이 현실이 될 것 같다는 느낌이 들었다.

"혹시 말입니다. 그 소장이라는 게 국립중앙박물관에서 온 겁니까?"

"네! 자기가 해당 작품을 제작했다는 사실을 인정하라고 소송을 걸었어요. 지금 시아버님이 화가 나셔서 당장 쫓아가서 박살을 내겠다고 길길이 날뛰고 계시고요."

그 말에 노형진은 한숨을 푹 쉬었다.

"아, 이 미친놈들이 결국 사고를 치고 마는구나."

세상 천지에 자기가 만든 그림이라는 걸 인정하라고 소송하는 나라가 어디 있단 말인가? 하지만 옆에서 그 말을 듣고 있던 남자는 시큰둥하게 말했다.

"안 하면 이상한 거지. 말이 평론가니 예술이니 하고 입만 나불거리지, 그 새끼들이 어디 예술 쪽에 관심이 있는 줄 알아?"

"그건 그렇지요."

한국의 소위 말하는 전문가라는 집단은 해외에서 말하는 전문가들과는 다르다. 그들은 자신의 이름과 명예, 탐욕을 채우기 위해 그 자리에 있다. 오래 일하면서 그 분야에 통달하고 새로운 길을 찾는 사람이 전문가가 되어야 하는데 우리는 어느 교수님에게 배웠으니 전문가라고 한다.

"이러니까 나라가 그 꼴이 나지."

실제로 미래에 어떤 자동차 명인이 수년간 원인을 분석해서 자동차 급발진에 대한 가능성에 대해 주장한 적이 있다. 그러나 자동차 회사의 대응은 그를 고소하는 것이었다. 그걸 받아들이고 더 좋은 차를 만드는 것보다는 그를 고소해서 입을 다물게 하는 것이 더 싸게 먹히기 때문이다.

그 자동차 회사는 자기들이 전문가라고 했지만 엄밀하게 말하면 그들은 차를 만드는 전문가지, 차를 수리하는 전문가는 아니다. 그럼에도 불구하고 자신들이 전문가라면서 남의 말은 철저하게 무시한다.

그리고 그게 대한민국의 현실.

"쯧쯧. 상황이 웃기게 되어 가는구만."

남자는 혀를 끌끌 차자, 노형진은 그 말에 수긍할 수밖에 없었다.

"그러네요. 하아."

결국은 모든 건 재판으로 결정될 수밖에 없었다.

진짜 말 안 들어 처먹네, 정말

"원작자가 만든 게 아니라고 하잖습니까?"

재판은 시작되었지만 사실 이건 증거고 나발이고 없었다. 아니, 증거가 있을 수밖에 없었다.

"그러니까 안 했다는 증거를 내놓으라니까요."

"말이 되는 소리를 하세요. 세상에 안 했다는 증거를 내놓으라는 말이 어디 있습니까?"

저쪽은 무조건 그 작품이 본인이 만든 것임을 인정하라면서 천강우 작가를 몰아붙이고 있었다. 심지어 그가 안 그렸다는 증거를 내놓으라고 했다.

"상식적으로 자신이 주장하는 것에 대해서 증명하는 거 기본 아닙니까?"

"그렇다면 당신들이야말로 천강우 작가님이 그렸다는 증거를 내놓으십시오."

"내놨잖습니까? 전문가들의 감정 평가서요."

"아니, 소송 당사자가 감정해서 내놓으면 무슨 의미가 있단 말입니까?"

"소송 당사자가 아닌 감정 전문가의 평가서도 있습니다."

"장난합니까? 끼리끼리 붙어 다니면서 그게 소용이 있을 거라 생각해요?"

노형진은 어지간하면 재판정에서 언성을 높이지 않는데 이건 어떤 의미에서는 역대급 강적이었다.

법으로 무장했나?

아니다.

그럼 전관으로 밀고 들어왔나?

아니다.

그럼 힘을 가지고 있어서 이길 방법이 없나?

어느 정도는 맞지만 그 정도는 아니다.

그럼에도 불구하고 역대급이라고 하는 건 오로지 우기기 때문이다. 애초에 재판이라는 것이 싸움이기는 하지만 이건 논리고 나발이고 없이 오로지 우기기로 밀어붙이고 있었다.

문제는 사전에 어떤 거래가 있었던 것인지 재판부 역시 그걸 은근히 방조, 아니 옹호하고 있다는 것이다.

"이런 문제는 어차피 커져 봐야 아무 소용 없으니 서로 좋게 해결하는 게 어떻겠습니까? 제작한 사실을 인정하십시오. 그 대신 적당히 보상하는 걸로 하죠."

그러니까 재판부의 말은 원작자로 인정한다면 그에 맞는 보상, 그러니까 돈을 준다는 소리였다. 문제는 그게 상업적으로는 맞을지도 모르지만 예술가에게는 씨알도 먹히지 않는다는 점이었다.

"개소리하지 마! 내가 그린 것도 아닌데 왜 인정해야 하는데? 너희 같으면 아예 본 적도 없는 애새끼를 네 자식으로 들일 거냐? 하다못해 애새끼는 사고라도 쳐서 낳을 수 있지, 이게 내가 사고 쳐서 낳을 수 있는 거냐? 엉!"

"화백님, 진정하세요."

노형진은 괜히 천강우 화백을 불렀다 싶었다. 원래 변호사들이 나가면 피고나 원고 본인은 나가지 않아도 된다. 하지만 그들이 참석하는 것이 보통이었기에 무심결에 불렀는데 천생 꼬장꼬장한 노친네였던 그는 상대방이 판사든 뭐든 길길이 날뛰고 있었다.

"피고, 그렇게 시끄럽게 굴면 법정 모독 죄로 쫓아내겠습니다."

"뭐? 그래! 쫓아내! 쫓아내! 이제는 내가 그리지도 않은 걸 내 꺼라고 우기더니 내 아가리도 틀어막으려고? 그래! 쫓아내!"

"어르신, 진정하시라니까요."

결국 한참 길길이 날뛰던 천강우는 보다 못한 아들과 며느리가 나서서 바깥으로 데리고 나가고 나서야 조용해질 수 있었다.

'아, 진짜 이건 너무하잖아.'

노형진은 보통 재판정에 들어갈 때 같은 편은 없다고 생각한다. 상대방 검사나 변호사는 당연하고 판사야 공식적으로는 중립이지만 약간 적대적인 상황이라 판단하고 설득해야하니 그런 것이다. 또한 의뢰인은 비록 적까지는 아니지만 기본적으로 몇 가지 거짓말은 할 거라 생각해 그렇게 임한다. 하지만 이번에는 그게 농담이 아니었다.

'이래서는 사방이 적이네.'

천강우는 도무지 가만히 있지를 못하고 길길이 날뛰고 있었다. 이래서야 재판에 방해만 되는 수준.

"피고 측 변호인, 피고 통제 제대로 못 합니까?"

"죄송합니다."

도대체 무슨 말을 들었는지 모르겠지만 판사는 아주 대놓고 노형진을 적대하고 있었다.

"속행하세요."

"재판장님, 피고 측은 자신이 그린 그림이 아니라고 주장하지만 제가 봤을 때 그건 단순한 피고의 착각에 지나지 않는다고 생각합니다. 사람이 살다 보면 그렇게 깜빡하는 것도 있지 않습니까?"

협회 측 변호사는 마치 천강우 작가가 직접 그려 놓고도 깜빡하고 있다는 식으로 주장하고 있었다.

"그건 상식적으로 말이 되지 않는 소리입니다. 일반적으로 그림 하나를 표절해서 그리는 건 오래 걸리지 않지만 창작하는 것은 무척이나 오래 걸립니다. 일반적으로 저런 그림을 하나 그리는 데에 짧아도 3개월 정도 걸립니다. 그런데 사람이 그 해에 그린 다른 그림을 다 기억하면서 저것만 기억하지 못한다는 것은 상식적으로 말이 안 됩니다."

노형진은 논리적으로 상대방을 반박했다. 그러나 그 뒤에 들려온 상대방의 말에 할 말을 잃어버리고 말았다.

"그거야 정상적인 경우라면 그렇지요."

"정상적인 경우라면?"

"그렇습니다, 재판장님. 피고의 기억력이 과거와 같지 않다는 것은 명확합니다. 이를 증명하기 위해 피고의 진료 기록을 제출합니다."

상대방이 난데없이 진료 기록을 제출했는데 그걸 받아 든 노형진은 자신도 모르게 입을 쩍 벌리고 말았다.

⚖

쾅!

노형진이 책상을 내려치자 천강우의 며느리인 박세린은 잔뜩 미안한 표정을 지었다.

"도대체 그걸 왜 감춘 겁니까?"

"그건 단순히 개인 정보인 것도 있고……."

"이런 사건에서 이런 말이 얼마나 중요한 건지 모르십니까? 며느님도 대학을 나온 분이시니 이런 게 얼마나 중요한지 아시잖습니까?"

"아무래도 아버지의 자존심도 있고……."

"법원에서 재판을 자존심을 가지고 하는 거 아닙니다."

노형진은 머리가 지끈거릴 지경이었다.

'이건 뭐, 양쪽 다 말이 안 통하잖아.'

상대방이나 의뢰인이나 아예 말할 의사가 없다니.

"상대방이 치매 진료 기록을 들고 나오는 바람에 재판부는 기억 능력에 대해 의심할 수밖에 없게 되었는데 제게 그걸 방어할 방법이 없지 않습니까?"

상대방 변호사가 어떻게 구했는지 모르지만 그가 제출한 것은 천강우에 대한 진단서였다. 작년에 치매 초기라는 진단을 받았던 것이다.

'어쩐지 자꾸만 흥분하고 감정을 주체하지 못하더라니.'

평소에도 다혈질이던 천강우 화백은 치매에 걸린 이후에 그걸 인정하지 못하고 자기 기억에 대해 의심하는 사람을 만나면 격하게 반응하고는 했는데 하필이면 그게 재판에서 문제가 된 것이다.

"의사의 말로는 가벼운 치매라고 해서요. 몇 달이나 작업한 걸 모르실 가능성은 없다고 보여서……."

"그건 재판부에서 판단하는 거지, 우리가 판단할 게 아닙니다. 끄응…… 이거 완전히 코너에 몰렸습니다."

상대방이 어째서 그렇게 자신만만하게 소송을 넣었는지 이해가 가는 노형진이었다.

'이러니까 자신이 있었겠지.'

상식적으로 상대방이 만들지 않았다고 하는 작품을 인정하라고 소송하는 것은 말이 안 된다. 하지만 상대방이 치매로 인해 제대로 된 기억력을 가지고 있지 못하다고 판단된다면 이야기는 달라진다.

"확실하게 하죠. 그거 천강우 화백님이 그리시지 않은 거, 확실한 겁니까?"

"저희야 모르죠. 아버님은 저희들이 작업실에 접근도 못 하게 하셨다니까요."

"후우."

노형진은 한숨을 푹 쉬었다. 애초에 이쪽의 이 사건에 대한 가장 확실한 증거는 바로 천강우 화백의 주장이었다. 상식적으로 아무리 재판부에서 인정하라고 한들 천강우 화백이 거부하면 의미가 없기 때문이다. 하지만 상황이 달라졌다.

'젠장, 치매라니.'

치매에 걸렸다는 걸 사전에 감춘 순간 노형진은 변론할 방법을 잃어버렸다. 상대방이 치매를 가지고 있다는 사실은 상대방에게 치명적일 정도로 확실한 명분이 되어 줬다. 이래서는 천강우 화백이 그리지 않았다는 말을 할 수가 없었다.

"의사는 그 정도까지는 아니라고 하던데요."

"그거야 우리 쪽 주장이죠. 혹시 더 감춘 거 있습니까?"

"없죠, 일단은."

"일단은?"

"전에도 말씀드렸다시피……."

"네, 네, 알겠습니다."

그림에 대해서는 아들 내외에게 전혀 말하지 않았다는 것. 그리고 당사자만 알고 있다는 것.

'근데 그 당사자가 치매잖아.'

그러면 재판부에서 증거 능력이 밀릴 수밖에 없는 것이다.

"나중에 다시 연락드리겠습니다."

박세린이 나가고 나자 옆에서 조용히 듣고 있던 이은영 변호사가 다가왔다. 아직은 배우는 입장인 그녀는 지금 상황이 이해가 가지 않았다.

"노 변호사님."

"네? 이 변호사님."

"그냥 의사한테서 진단서를 받아서 그 정도까지 심한 치매가 아니라고 말하면 되지 않나요?"

"그러면 좋겠습니다만 판사도 인간이다 보니 결국은 선입견이 지배하거든요. 이제 와서 말해 봐야 변명일 뿐입니다."

사전에 미리 말했다면 어느 정도 받아들여졌을 것이다, 치매라고 하지만 그 정도까지 기억 능력이 떨어진 것은 아니며 진단서를 보면 확실하다고. 그러나 상대방이 먼저 폭로했으니 이제 와서 그걸 제출해 봐야 이쪽에서 하는 말은 변명이 될 뿐이다.

"똑같은 말이라도 어느 쪽에서 하느냐에 따라 임팩트가 달라집니다. 지금 상황에서는 저쪽으로 완전히 카드가 넘어갔습니다."

"지금 뭘 내 봐야 변명에 지나지 않는다는 뜻인가요?"

"그렇지요. 사전에 우리가 감췄다고 생각할 테니까요."

"하지만 원래 변호사들이 일하다 보면 사실을 감추기도 하잖아요?"

"변호사가 필요에 의해서 감추는 것과 의뢰인이 감추는 건 전혀 다릅니다."

변호사는 이게 사전에 공개하는 게 나을지, 아니면 감추는 지 나을지를 판단하고 그에 맞게 준비하며 혹시나 상대방이 알 것에 대해서도 준비한다. 하지만 의뢰인이 말하지 않으면 아예 판단하지 못해서 준비도 못한다.

"이런 경우에는 지금처럼 제대로 뒤통수를 맞게 되는 거죠."

이대로 간다면 분명 질 수밖에 없는 상황.

"일단은 그 진단서를 내놓기는 하겠습니다만 그렇다고 해서 뭐가 크게 바뀔 것 같지는 않네요."

"그런가요?"

"네, 카드가 완전히 저쪽으로 넘어가서요."

더군다나 현재 판사는 자신들에게 적대적이다. 지금 자신들이 의사의 소견서를 낸다고 한들 그걸 그저 변명쯤으로 여길 가능성이 훨씬 높다.

"노 변호사님이 말씀하시던 의뢰인도 거짓말을 하니 믿지 말라는 게 지금 같은 경우군요."

"그렇지요. 의뢰인은 의식적이든 무의식적이든 거짓말을 합니다. 자신에게 불리한 걸 감추기도 하고 사건과 별 관계가 없는 것이라 생각하기도 하죠. 어찌 되었건 완벽하게 말하면 좋지만 그렇지 않을 가능성이 높다는 것도 인정해야 합니다."

이은영은 고개를 끄덕거렸다. 지금까지 의뢰인이 거짓말한다는 노형진의 말을 이해하지 못하고 있었는데 이번 사건으로 확실하게 알 수 있었다.

"그럼 이런 경우는 대책이 없나요?"

"보통은 없죠."

"보통은?"

"네."

보통은 없다. 상대방은 명확한 증거를 내밀었고 판사는 적대적이며 의뢰인은 치매다.

"하지만 다른 한 가지 방법이 있습니다."

"어떤 방법요?"

"바로 원본이죠."

이것이 법이다

"원본?"

"네, 그걸 봐야 합니다."

"하지만 똑같이 카피한 작품들도 많잖아요?"

분명 원본이 있을 것이다. 그리고 시중에 팔린 작품들은 그걸 그대로 프린트해서 파는 것이니 똑같이 보일 것이다. 하지만 노형진은 그걸 봐야 했다.

'결국 남은 것은 범인이지.'

만일 그게 누군가 위작한 게 맞는다면 그 물건에 누가 만들었는지 기억이 있을 가능성이 높다. 아무리 비슷한 구도를 베낀 것이라 할지라도 일정 부분 창작에 들어가기에 상당한 시간을 그걸 잡고 있을 수밖에 없기 때문이다.

"애초에 위작을 판단하는 가장 좋은 방법은 붓 터치나 성분이나 탄소 연대 측정같은 걸 쓰는 겁니다. 결과적으로 모든 걸 봐야 확인할 수 있는 거죠."

"그렇겠네요."

"일단은…… 그 원본을 봐야 하는 쪽으로 노력해 봐야겠습니다."

그게 유일하게 남은 희망이었다.

⚖️

"원본은 국립중앙박물관에서 소장하고 있기 때문에 공개

할 수 없습니다."

아니나 다를까, 박물관은 원본의 공개를 거부했다.

"하지만 재판장님, 기본적으로 현실에서 위작 여부를 판단하는 것은 원본의 그림을 보고 판단하는 것이지, 그걸 찍은 사진을 보고 판단하는 것이 아닙니다."

"그건 우리가 다 검사했습니다."

"그게 확실하지 않으니 다시 확인하려고 하는 거 아닙니까? 더군다나 당신들은 원고입니다. 이런 상황에서 원고의 검사가 무슨 의미가 있다는 겁니까?"

그 말에 상대방 변호사는 피식 웃으면서 뭔가를 꺼내 들었다.

"재판장님, 해당 작품이 피고의 작품이라는 두 번째 증거를 제출합니다."

"두 번째 증거?"

"그렇습니다. 해당 작품에 쓰인 유화물감에 대한 성분 분석표입니다. 또한 피고가 그린 다른 작품들에 대한 성분 분석표를 함께 제출합니다. 보다시피 해당 작품들은 동일한 성분의 유화물감으로 만들어져 있습니다. 즉, 이 물감들은 동일한 물감으로 만들어져 있다는 뜻입니다. 이보다 더 확실한 증거가 있습니까?"

'끄응……'

노형진은 예상했던 증거가 나오자 신음성을 흘렸다. 확실히 물감에 대한 증명은 이런 사건에서 빠질 수 없는 검사이

이것이 법이다

기는 하다.

"하지만 재판장님, 여기에 쓰인 물감은 기본적으로 공산품입니다. 과거에는 개개인이 각자 다른 배합률을 가지고 물감을 제작하여 사용했지만 지금은 대부분의 사람들이 공산품으로 제작되는 물감을 사용합니다."

노형진의 항변. 하지만 상대방도 그 정도의 답변은 예상한건지 그 안에서 한 움큼의 종이를 꺼내 들었다.

"이게 뭔지 아십니까?"

판사는 그걸 보고 고개를 갸웃했지만 노형진은 직감적으로 신음성을 냈다.

"그게 뭡니까?"

"현재 우리나라에서 유통되고 있는 총 140여 종의 유화물감의 이름들입니다. 즉, 우리나라에 총 백마흔 개의 물감이 있다는 것인데 과연 위작하는 녀석이 그중에서 동일한 물감을 가지고 있을 확률이 얼마나 되겠습니까? 해당 내역을 증거로 제출하겠습니다."

노형진은 해당 내역을 보고는 어이가 없었다.

'이것들이 장난치나?'

자신이 그림에 대해서 잘 아는 것은 아니다. 하지만 유화물감이라 해서 다 똑같은 게 아니라는 것은 안다. 그 예로 상대적으로 전문가용은 비싸고 학생용은 싸다.

"재판장님, 이건 눈속임입니다. 이 목록에 있는 물감 중 전문 유화 화가가 사용하는 종류는 고작 열세 개 정도이고 나머지는 학생용, 아니면 취미용입니다."

"그래서요? 무슨 차이가 있습니까?"

"있습니다. 동일한 물감이 아니면 같은 남색이라고 할지라도 그 물감 자체의 색이나 질감이 다른 경우가 많습니다."

"물감에 무슨 질감이 있습니까?"

그 말에 노형진은 어이가 없었다.

'와, 돌겠네, 진짜.'

해당 작품은 일부는 붓으로 쓱쓱 그린 게 아니라 유화용 나이프로 문지르듯이 그린 그림이다. 그걸 임파스토라고 하는데 다른 기법과 다르게 두껍게 발려서 입체감과 질감을 살릴 때 쓰인다.

"다른 물감으로 그렸다고 해서 색이 안 나는 것도 아닙니다. 더군다나 동일한 물감이라는 결과가 나온 이상 의미가 없는 거 아닐까요?"

"의미가 없을 수가 없습니다. 전문가용이라고 할지라도 결과적으로 물감의 종류는 열세 개뿐입니다. 더군다나 각 물감들은 똑같은 색이라고 해도 아주 미세하게 그 색이 다릅니다. 그 정도 확률이라면 충분히 겹칠 수도 있습니다."

그 말에 상대방은 미소를 지었다. 그리고 노형진은 그걸 보고 아차 싶었다. 함정이 있다는 사실을 그제야 알아차린 것이다.

이것이 법이다

"맞습니다. 사실 전문가용은 고작 열세 개뿐입니다. 그리고 그걸 겹칠 가능성은 낮지요. 하지만 그 열세 개 중 동일한 물감을 혼합해서 쓰는 경우라면 어떨까요?"

"뭐라고요?"

"재판장님, 두 번째 기록을 제출합니다. 해당 작품과 천강우 화백의 다른 작품에 쓰인 물건의 성분 비교표입니다. 천강우 화백의 그림들을 분석한 결과, 그는 총 세 개 상표의 유화물감을 사용합니다. 피고 측 변호인의 주장대로 각 회사의 물감들은 아주 미세하기 그 색이 다릅니다. 파랑색이라고 해도 각 회사마다 추구하는 색이 다 다르지요. 그리고 분석 결과, 피고 천강우 화백이 그린 그림과 이번 사건의 핵심인 〈안개 낀 한강〉에 사용된 그림은 피고가 평소 사용하는 세 개 브랜드의 믹싱임이 드러났습니다. 피고 말대로 한 개 정도는 겹칠 수도 있습니다. 하지만 세 개가 동시에 겹칠 가능성이 얼마나 있겠습니까?"

그 말에 노형진은 또다시 한마디도 할 수가 없었다.

⚖️

"저희는……."

"네, 네, 압니다. 그림에 대해서는 손도 대지 못하게 하셨다고요."

노형진은 결국 두 번째 재판에서도 질 수밖에 없었다. 치매에 과학적 증거까지 튀어나온 것이다. 그리고 그에 대해 천강우 화백이 할 말은 똑같았다.

"천강우 화백님은 뭐라고 하십니까?"

"끝까지 안 그렸다고 하시죠."

"후아."

도움이 돼야 하는 사람은 치매에 걸려서 도움이 안 되고 말이 통하는 사람은 사건에 대해 아는 게 전혀 없다.

"노 변호사님, 이럴 때는 진짜 답이 없는 거 아니에요?"

"원본을 보면 답이 생길지도 모르죠."

"어차피 원본을 봐도 시험 결과가 다르게 나올 것 같지는 않은데요?"

아마도 이은영은 그 성분을 비교하는 검사를 하려는 거라고 생각한 모양이었다. 물론 그것도 하나의 방법이기는 하지만 노형진은 그것보다는 사이코메트리를 사용할 생각이었다.

'진짜로 천강우 화백이 치매로 잊어버린 게 아니라면 상대방은 어떤 식으로든 천강우 화백이 어떤 물감을 쓰는지 알아냈다는 소리인데…….'

그렇다면 충분히 그림을 그릴 수도 있다.

"도무지 방법이 없을까요?"

박세린도 상황이 좋지 않게 가는 걸 느끼는 모양이다.

사실 그림 하나쯤은 인정되어도 천강우 화백에게 큰 금전적인 피해는 없다. 그만큼 그의 화풍과 똑같다는 소리가 되기 때문이다. 하나 자존심이 상한다는 것과 만일 이런 방법이 먹힌다면 추후 똑같은 범죄가 다시 벌어질 수도 있다는 것이 문제가 된다. 한번 성공한 녀석이 그걸 두 번 하지 말라는 법은 없으니까.

'문제는 그들이 원본을 보여 주려고 하지는 않을 거라는 건데.'

상대방은 어떻게든 원본을 감추려 하고 있다. 이런 상황에서 원본을 보겠다고 한들 보여 줄 리 없다.

"원본만 본다면 되는 건가요?"

그런데 박세린이 의외의 말을 꺼냈다.

"본다면 방법이 생길지도 모릅니다. 물론 가까이에서 본다면 말이지요."

그 말에 박세린은 잠시 침묵을 지키다가 입을 열었다.

"어쩌면 방법이 있을지도 모르겠어요."

"네?"

"방법이 있을 것 같아요. 물론 좀 위험한 방법이기는 하지만."

그 말에 노형진은 고개를 번쩍 들었다. 방법이 있다면 그걸 해야 한다.

"조금 위험해도 해야 합니다. 상대방도 불법적으로 얻은 진료 기록을 증거로 내고 싸우는데 우리라고 위험하다고 뒤로 뺄 수는 없습니다. 더군다나 그림을 상하게 하거나 조작하는 게 아니라 두 눈으로 확인하려는 거니까요."

"그렇다면…… 한번 해 볼게요."

박세린은 결심한 듯했다.

며칠 뒤, 이른 새벽.

노형진은 국립중앙박물관의 쪽문 쪽에 서 있었다.

잠시 후 문이 끼익 소리를 내면서 한 여자가 고개를 빼꼼 내밀었다.

"노 변호사님."

"네!"

"쉿, 안으로 들어오세요."

안으로 노형진을 들여보낸 사람은 슬쩍 주변을 보더니 품에서 하얀 가운과 마스크, 모자를 건넸다.

"이걸 쓰세요. 그럼 경비원들이 카메라를 봐도 의심하지 않을 거예요."

노형진은 그걸 받아 쓰면서 고개를 갸웃했다.

"그나저나 그 그림이 여기 있는 게 맞습니까?"

"네, 복원 작업을 한다는 명목으로 이쪽에 와 있어요."

국립중앙박물관은 소송 중인 작품을 전시한다는 것에 부담을 느낀 건지 복원 작업을 핑계로 복원실로 해당 작품을 내려보냈다. 그런데 다행히 복원실에 있던 직원이 천강우의 며느리인 박세린의 동창이었다. 예술가의 며느리답게 예술 쪽 학교를 나온 덕분이었다.

"그나저나 요즘 그 작품에 대한 반응이 어떤가요?"

"말이 많죠. 저야 복원을 전공해서 잘 모르지만 작가가 자기 작품을 모르겠느냐는 말도 있고 작가가 치매라 그렇다는 말도 있고."

"그렇군요."

"하여간 보시더라도 절대 훼손해서는 안 돼요."

"그럴 일 없습니다."

"그럼 들어갈게요."

복원은 철저하게 안전하게 이루어진다. 먼지 하나, 기침 하나에도 예민할 수 있어 모든 직원들은 하얀 안전복에 마스크와 모자를 쓰고 복원 작업을 진행한다. 그러니 경비원들이 카메라로 이 장면을 봤을 때는 다 똑같은 사람을 보일 것이다.

"여기예요."

노형진은 그녀의 안내를 받아 한곳으로 향했다. 그곳에는 〈안개 낀 한강〉이라는 작품이 복원대 위에 놓여 있었다.

"복원할 만큼 손상이 갔나요?"

"그럴 리가요. 그랬으면 난리가 났죠. 이건 그냥 전시하기 부담되니까 빼 버린 거예요."

"역시 그렇군요."

노형진은 이리저리 그림을 살폈다. 그러나 천강우 화백의 기존 작품들과의 차이를 느낄 수가 없었다.

'하긴 그러니까 속이는 게 가능하겠지.'

아무리 입만 산 놈들이라고 해도 평론가니 감정가니 하는 놈들이 크게 차이가 나는 걸 모를 리 없다.

"좋은 작품이군요."

노형진은 그림 주변을 빙 돌면서 그녀의 시선이 몸으로 가려지는 위치에서 멈춰 선 뒤, 슬쩍 손을 올렸다. 아주 살짝 올려 거의 보이지 않을 정도였다. 그러고는 바로 작품에 대한 추적에 들어갔다.

'가장 오래된 기억이겠지.'

노형진은 그 작품에 그려진 기억을 읽기 시작했다. 하지만 얼마 지나지 않아 얼굴을 찌푸릴 수밖에 없었다.

'젠장.'

그 기억 속의 인물이 누군지 알 수가 없었던 것이다. 기억이라는 게 그걸 그리던 사람의 기억이다 보니 그 사람의 얼굴은 잘 떠오르지 않는다. 더군다나 상대방은 그림을 그리면서 엄청나게 집중하는 모양인지 그의 신상을 파악할 잡다한 기억조차 떠오르는 게 없었다. 오로지 하나하나를 그리는 무서울 정도의 집중력만 느껴질 뿐이었다.

'이 망할 새끼야, 그런 집중력을 자기 예술을 해라.'

하지만 한 가지는 확실하게 알 수 있었다. 그 그림을 그린 사람은 절대 천강우가 아니라는 것. 그도 그럴 것이, 그의 시선 너머에 보이는 벽 너머에 보이는 그림은 제각각이었던 것이다. 바로 감정해 줬던 남자들이 보여 줬던 그 그림들, 즉 그림의 구도를 따왔다는 그 그림들이었다.

'제발…… 뭐든…… 좋다……. 뭐든…… 제발…….'

한순간 작은 딴생각이라도 한다면 기회를 잡을 수 있다는 생각에 노형진은 더욱 집중했다. 마음 같아서는 느긋하게 하고 싶지만 그럴 상황이 아니었기에 속이 바짝바짝 타는 기분이었다.

그런 그의 행동이 이상해서였을까?

"노 변호사님?"

결국 그걸 보고 있던 그녀가 다가와서 노형진의 어깨를 붙잡았고 노형진의 사이코메트리는 깨지고 말았다. 그 순간 들어오는 단 하나의 짧은 기억.

"네?"

그에 대해 생각하기도 전에 노형진은 모른 척 그녀에게 대답할 수밖에 없었다.

"너무 한참을 서 계셔서요."

"아, 그냥 그림에 대해 생각하고 있었습니다. 과연 이게 진짜 천강우 작가의 그림인지 알 수가 없어서요."

"글쎄요. 그건 저도 모르는 일이라……."

"제가 봐서는 아닌 것 같기는 하네요."

"그런가요? 증거라도?"

"그건 좀…… 생각 좀 해 봐야겠습니다."

"네?"

"확실한 증거가 아니라서요."

아까 치고 들어왔던 기억을 더듬거리면서 노형진은 한숨을 쉴 수밖에 없었다.

허름한 식당. 그곳에 들어간 노형진은 빈자리에 앉아 고개를 돌려 주방을 바라보았다.

"아줌마, 불고기 백반 하나요."

"네."

그러고는 다시 고개를 돌려 그를 따라온 사람에게 물었다.

"안 먹습니까?"

정운찬은 무표정한 얼굴로 고개를 저었다.

"사람은 하루 세 끼면 됩니다."

"그건 그러네요. 젠장."

노형진이 툴툴거리는 것은 다름 아닌 그 하나의 기억이 식당과 연관된 것이었기 때문이다. 점심시간이었는지 기억 속의 인물이 '경성식당'이라는 식당에서 점심때 불고기 백반을 먹을까 하고 생각했던 것이다. 그 집이 상당히 맛이 괜찮은 모양인지 그 맛까지 어느 정도 생각한 덕분에 노형진은 그 경성식당이라는 곳을 찾아내려고 했다. 하지만 문제는 그 경성식당이라는 곳이 전국에 무려 아흔여덟 개나 있다는 것. 그 맛을 아는 것은 자신뿐이니 결국 전국을 다 돌아다니면서 계속 불고기 백반만 먹는 중이었다.

"이게 무슨 와일드 보이냐? 응? 아니, 불고기 보이인가?"

〈와일드 보이〉라는 영화의 주인공은 만두만 먹으면서 3년을 어딘가에 갇혀 있었다. 그리고 나와서 누가 자신을 가뒀는지 알아내기 위해 전국의 만두 가게를 찾아다녔다. 그래서 영화의 별명이 만두 보이. 근데 자신은 만두가 아니라 계속 불고기 백반만 먹고 있다.

'돌겠네, 진짜.'

벌써 몇 번째인지 모를 불고기 백반을 입안에 넣는 노형진. 그 순간 그는 멈칫했다.

"왜 그러십니까?"

정운찬은 물었지만 노형진은 마음을 가다듬고 천천히 다시 한 입씩 그걸 먹기 시작했다. 지금까지 없던 모습. 그걸 몇 번 더 먹은 노형진은 천천히 수저를 내렸다.

"드디어 찾은 것 같습니다."

"알겠습니다."

노형진이 정운찬을 데리고 온 이유는 두 가지였다. 첫 번째는 범인을 잡기 위해서, 두 번째는 그가 필요 이상으로 묻지 않는 타입이라서였다. 다른 사람이라면 뭘 찾느냐고 물었 겠지만 그는 그게 아니라 '알겠습니다.'라는 말만 했다.

"범인은 이곳에 자주 올 겁니다."

"그럼 여기서 기다려야 하나요?"

"그러면 좋겠지만 얼마나 걸릴지 모르니까 찾아봐야지요."

노형진은 자리에서 일어나서 백반을 만든 주인에게 다가 갔다.

"실례합니다."

그 말에 노형진을 바라보는 주인.

"계산하시려고요?"

"그게 아니라요. 혹시 이 근처에 그림 그리는 사람 보신 적 있습니까?"

"그림?"

"네."

좀 뜬금없는 말이기는 하다. 사실 어이없는 말이기도 했 다. 다짜고짜 물어보면 무슨 대답을 한단 말인가? 그런데 주 인장은 물끄러미 노형진을 바라보더니 한구석에 있는 사람 에게 시선을 돌렸다.

"이봐, 장 씨. 자네가 그림 좀 그린다고 하지 않았어?"

"네?"

안쪽에 앉아서 불고기 백반을 먹고 있던 남자는 그 말에 고개를 돌려서 노형진을 바라보았다.

허름한 복장. 옷 곳곳에 묻어 있는 유화물감의 흔적들.

잠시간의 침묵이 흐르고.

"이런 씨팔!"

장 씨라고 불린 남자는 욕설과 함께 번개같이 자리를 튀어나가서 바깥으로 도망치기 시작했다.

"거기 서라!"

노형진이 외쳤지만 그가 설 리 없었다. 그러나 그는 결국 설 수밖에 없었다.

"아악!"

갑자기 날아온 뚝배기가 그의 머리에 부딪치면서 그를 쓰러트린 것이다. 거기에다가 거기 담겨 있던 뜨거운 국물이 그의 얼굴에 쏟아지자 그는 바닥 위를 데굴데굴 굴렀다.

"끄아아악! 내 얼굴! 내 얼굴!"

그는 비명을 질렀지만 노형진은 그 상황을 만든 사람을 더 걱정하지 않을 수 없었다.

"괜찮습니까?"

"버틸 만합니다."

무표정한 얼굴로 노형진을 바라보는 정운찬.

그는 방금 전 노형진이 먹고 있던 뜨거운 불고기 뚝배기를 잡아서 그대로 집어 던져 장 씨라는 남자를 잡은 것이다.

"일단은 저 녀석부터 잡아야지요."

그 말에 노형진은 그에게 다가가 강제로 붙잡아 일으켰다.

"그러니까 말 좀 들어라, 좀. 요즘은 개나 소나 말을 안 듣네, 진짜."

사태를 수습한 노형진은 그를 작업실로 끌고 왔다. 그런데 그 안은 자신의 예상과 다르게 사방에 먹물 냄새로 가득했다.

"너, 그림 위조범 아냐?"

"……."

하지만 상대방은 말하지 않았다. 아니, 말할 이유가 없었다. 자신을 잡은 사람이 경찰이나 검사도 아닌 변호사이니.

"네가 〈안개 낀 한강〉 그린 놈 맞지?"

"……."

"사실대로 말해."

"……."

장 씨, 아니 장필상은 입을 열지 않고 버텼다.

'아, 진짜 돌겠네.'

당장 이놈을 끌고 가고 싶지만 증거가 없다. 그렇다고 경찰에 넘겨준다 해도 증거도 없는 상황에서 경찰이 자신의 말만 믿고 이 녀석을 조사할 것 같지는 않았다.

"너, 진짜 말 안 할래?"

"……."

이것이 법이다

노형진이 다그쳐도 말하지 않는 장필상. 도리어 그의 얼굴에는 희미한 비웃음까지 떠올랐다.

"네놈이 그런다고 내가 말할 것 같냐?"

"끄응……."

말할 것 같느냐는 말은 결과적으로 그가 〈안개 낀 한강〉이라는 작품을 그렸다는 뜻이다.

"제가 할까요?"

그걸 가만히 보고 있던 정운찬이 끼어들자 노형진은 그를 물끄러미 바라보았다.

'될까?'

확실히 정운찬은 분위기가 살벌해서 협상 자리에 데리고 들어가면 상대방은 겁을 집어먹어 좋은 조건으로 협상할 수 있긴 하다. 하지만 이번에는 상대방은 자수시켜야 하는 상황.

'뭐, 시도는 해 봐야지.'

노형진이 고개를 끄덕거리면서 뒤로 물러나자 정운찬은 앞으로 나서서 무표정한 얼굴로 장필상을 바라보았다.

"흥, 그렇게 분위기 잡으면서 겁준다고 내가 말하겠냐?"

하지만 장필상 역시 범죄에 손을 담근 인간이라서 그런지 쉽게 물러날 것 같지는 않았다. 하긴 분위기로 하는 것은 일반인을 대상으로 쓸 수 있는 방법이지, 아예 닳고 닳은 범죄자 출신에게는 먹히지 않을 가능성이 높다.

그런데 정운찬은 물러나지 않았다. 대신 작업실 구석으로 가서 뭔가를 꺼내 왔다.

"그래서 위작을 만들어서 판다고?"

무표정하고 고저가 없는 말로 평이하게 말하면서 그가 가지고 온 것은 싱크대 위에 있던 과도였다.

"칼로 찔러 죽이려고? 그럴 수 있을까?"

장필상은 객기를 부리려고 했지만 그다음 순간 객기는커녕 얼굴이 새파랗게 질리기 시작했다.

"객기는 무슨. 손가락 쫙 펴라!"

장필상의 앞에 앉은 정운찬은 그의 손을 당겨서 자신의 앞에 놓더니 벌어진 손가락 사이로 그대로 칼을 내리찍었다.

쾅!

"으아아악!"

장필상이 기겁하면서 손을 빼려고 했지만 요즘 경호원이 되었다며 이를 악물고 운동을 하는 정운찬의 손아귀에서 벗어날 수는 없었다. 그래서인지 칼은 그의 손가락 사이에서 부르르르 떨리고 있었다.

"이 게임 알지? 몰라도 되니 손가락만 쫙 펴고 있어라. 아차 하면 손가락 작살난다."

그의 손가락 사이를 천천히 움직이는 날카로운 과도. 그리고 그 속력은 점점 빨라졌다.

"버티고 싶으면 버텨. 손가락은 확실하게 날려 줄게. 그럼 그림은 못 그릴 거야. 물론 신고해 봐야 고작 손가락이라 난

처벌도 강하지는 않겠지. 손해배상? 네놈이 위조범인데 과연 위조에 필요한 손가락을 날렸다고 손해배상 몇 푼이나 나오겠어?"

아주 무미건조하게 말하면서 점차 손가락 사이를 왕복하는 속력을 증가시키는 정운찬.

탁탁탁탁탁탁탁탁.

손가락 사이에서 점점 칼이 빠르게 움직이자 탁자 위로 점점 칼자국이 생겨났다. 가볍게 찌르는 게 아니라 진짜로 아차 싶으면 손가락이 날아갈 파워라는 뜻이다.

"아악!"

살짝 칼에 베이면서 장필상의 손가락에서 피가 튀었다. 하지만 정운찬은 멈추지 않았다.

"말하든가, 아니면 손가락 하나 작살나든가."

"으으으……."

장필상은 말하고 싶지 않은 눈치였지만 아무래도 정운찬의 분위기가 심상치 않다고 느꼈는지 갈등하고 있는 게 분명했다. 사실 손가락이 날아간 위조범만큼 쓸모없는 녀석이 어디 있겠는가?

콰직!

이제는 칼이 '콰직.' 하고 소리를 내면서 박히고 있었다. 그걸 보고 있던 노형진은 정운찬의 손을 보고 더욱 기겁했다.

"정운찬 씨! 그 손! 아까 화상 입은 손 아닙니까!"

지금 칼을 잡고 위험한 장난을 하고 있는 손은 방금 전 화상을 입은 그 손이었다.

"맞습니다."

"위험해요!"

멀쩡한 상황에서 해도 위험한 행동을 화상 입은 손으로 한다는 사실에 깜짝 놀란 노형진은 그를 말렸다. 하지만 그는 여전히 무표정한 얼굴과 어조로 간단하게 말했다.

"위험한 건 제 손이 아니라 이 녀석의 손가락입니다. 이러다가 손가락이 잘리면 이 녀석이 자초한 것이 되겠지요."

그 말에 결국 장필상은 두 손을 다 들고 싶었다. 하지만 그럴 수가 없었다. 그의 오른손은 정운찬에게 잡혀서 칼 찍기의 희생양이 되고 있었기 때문이다.

"그만! 제발 그만! 증언할게! 증언하면 되잖아!"

그는 점점 가까워지는 칼날을 보면서 다급하게 외쳤다. 농담이 아니라 화상 입은 손이 점점 흔들리면서 정확성이 떨어지고 있다는 걸 느낀 탓이다.

"말할래?"

"한다고! 한다니까!"

잔뜩 겁먹은 그가 비명을 지르자 정운찬은 그제야 칼을 멈추고 뒤로 물러났다.

"너도 병신 되기는 싫은 모양이네."

노형진은 그렇게 말하면서 정운찬을 바라보았다. 아무리

남의 손이라고 하지만 그렇게 아무렇지도 않게 칼 찍기를 하다니.

노형진은 자신도 모르게 부르르 떨었다.

"그나저나 그거 잘하시던데, 여러 번 해 본 모양입니다."

자신의 손을 아래로 감추는 장필상을 보면서 노형진은 정운찬에게 말했다. 그런데 정운찬의 말은 더욱 상상을 초월했다.

"처음 해 봤습니다."

"네?"

"처음 해 봤습니다. 얼마 전 나온 영화에서 봤습니다."

그 말에 노형진은 어이가 없어서 헛웃음을 흘렸고 장필상은 말 그대로 얼굴이 새하얗게 변해 버렸다.

"진짜로 잘리면 어쩔 생각이셨습니까?"

"그럼 저 녀석의 운은 거기까지밖에 안 되는 거죠. 저와는 상관없습니다."

"하아, 그건 그렇지만."

어차피 진짜로 잘렸다고 해 봐야 벌금 수준일 테고 그것도 새론에서 대신 내줄 게 뻔하다. 결과적으로 정운찬의 입장에서는 하든 안 하든 별반 다를 게 없는 것이다.

이제는 아예 손가락을 자기 허벅지 아래로 감추는 장상필을 보면서 노형진은 혀를 끌끌 찼다. 그렇게 난리를 피웠는데 한 번도 해 본 적이 없다고 하니 겁먹을 수밖에 없었다.

"좋습니다. 장상필 씨, 쉽게 갑시다. 〈안개 낀 한강〉, 당신이 그렸지요?"

"……."

"운찬 씨, 교대합시다."

노형진은 다시 자리에서 일어나자 감췄던 손을 빼서 일어나려고 하는 그를 잡는 장상필.

"제발요……. 네…… 제가 했습니다. 제가 한 거 맞아요."

차라리 잠깐 감옥에 갔다 오는 게 평생 병신이 되는 것보다는 낫겠다고 생각한 장상필은 결국 순순히 자신의 죄를 인정했다.

"그럼 누구한테 부탁받은 겁니까?"

"그 그림을 맨 처음 구입한 사람요. 천강우 화백의 그림과 비슷한 걸 그려 달라고 했습니다."

"얼마 받았습니까?"

"다섯 장 받았습니다."

"다섯 장?"

"500만 원."

노형진은 기가 막혔다. 현재 천강우 화백의 그림은 그 정도 사이즈면 못해도 20억은 나간다. 그런데 그걸 500만 원에 작업하다니.

"그거 경찰서에 가서 자수하고 진술할 수 있습니까?"

"……."

말하지 않는 장상필. 하지만 그의 시선이 정운찬에 도달했을 때 그는 모든 것을 포기하고 고개를 푹 숙였다.

"네."

칼로 손가락 사이 찍기 연습을 하는 건지 과도를 든 정운찬이 그림 그릴 때 쓰는 작은 관절 타입의 손 조각상을 놓고 칼로 찍기를 하고 있었는데 그게 거의 걸레짝이 되어 가고 있었던 것이다.

'초보의 행운이라는 건가?'

심지어 노형진조차도 그걸 보고 어이가 없어서 혀를 찰 수밖에 없었다. 처음 사람 손가락으로 할 때는 작은 상처만 냈을 뿐 성공했으면서 정작 훈련할 때는 가짜 손가락을 작살내고 있었으니까.

"그럼 진술하는 겁니다."

"네, 진술하겠습니다."

그 말에 노형진은 주먹을 불끈 쥐었다.

'좋았어.'

가장 확실한 증거가 손에 들어온 것이다.

이거 완전 개눈깔이네

"인정할 수 없습니다."

노형진은 상대방의 말에 기가 막혔다.

"인정하고 안 하고를 떠나서 범인이 자수했습니다. 그런 상황에서 원고 측의 인정 여부는 의미가 없을 텐데요?"

"아닙니다. 그 위조범인 장상필은 여러 전과가 있지만 기본적으로 그에게는 동양화 위주의 위조범이고 단 한 번도 유화는 해 본 적이 없습니다. 그런데 갑자기 그가 유화를 만들어서 자수한다니요? 그건 이상한 일이지 않습니까?"

"유화를 만들어서 자수한 게 아니라 유화를 만들어서 팔았다고 인정하지 않았습니까!"

"그러니까요. 그에 관련된 기록에 따르면 그는 동양화 전문이지, 유화 전문이 아닙니다. 그럼에도 불구하고 그가 자수한 것은 명백하게 누군가가 사건을 조작하고 하는 뜻일 겁니다."

'이런 미친.'

저들은 자수 자체를 인정하지 않고 있었다. 저들이 말하는 누군가라는 건 자신들을 뜻하는 거라는 사실을 모를 노형진이 아니었다.

"사건을 조작하는 게 우리에게 무슨 이득이 있다는 겁니까? 천강우 화백은 예술가입니다. 예술가의 혼을 알지도 못하는 원고가 예술을 평가한다는 게 말이 됩니까?"

사실 이 재판에서 이긴다고 한들 천강우 화백에게는 그다지 이득이 없다. 그가 그린 게 아니니 기껏해야 자존심을 지키는 것이 전부다. 그나마도 치매가 왔다고 하니 몇 년이나 갈지 모르는 상황. 그런데 그가 자수하려면 상당한 돈을 받아야 한다는 가정이 생기는 건데 그걸 즐기겠다고 수억씩 주면서 그를 자수시킬 이유가 없지 않은가?

"하지만 원고의 말에도 일리가 있습니다. 그에 관련된 전과 기록 조회에 따르면 기본적으로 그는 동양화 위조에 관련된 전과뿐이지, 서양화에 관련된 전과는 없습니다."

심지어 판사까지 원고의 편을 들어 주는 상황.

"동양화 전과를 가지고 있다는 것은 동양화 관련 범죄만 걸렸다는 뜻이지, 서양화에 관련된 능력이 없다는 걸 뜻하는 게 아닙니다."

사실 노형진은 은근슬쩍 영사해서 그가 원래 서양화 전문
이라는 사실을 알아냈다. 그럼에도 불구하고 동양화 문제로
걸렸던 것은 돈이 급한 상황에서 섣불리 동양화 위작을 만들
어서 팔았기 때문이다. 즉, 서양화 위작으로는 한 번도 걸린
적이 없는 실력가였던 것이다.

"증거가 없잖습니까?"

상대방은 깐죽거리면서 바라보자 노형진은 혈압이 오르는
느낌이었다.

'아, 진짜 좆문가질 끝판왕이네, 개새끼들.'

원래 소송은 변호사만 할 수 있는 게 아니다. 기본적으로
당사자가 할 수 있으며 그걸 대리해 주는 것이 바로 변호사
다. 그리고 이번 소송에서 상대방, 즉 국립중앙박물관과 평
론가라는 인간들은 변호사 없이 사건을 진행했다. 그 이유가
웃기게도 고작 변호사들이 예술가들의 심오한 세계를 이해
하지 못한다는 것이었다.

'그러면서 하는 게 저런 식이냐?'

문제는 그들이 예술가들의 세계를 이해하지 못한다고 변
호사 없이 소송을 진행하고 있는 데에 반해 정작 자신들이
변호사들의 세계를, 아니 법률의 세계를 이해하지 못한다는
것이다. 더군다나 말로는 예술이 어쩌고저쩌고하지만 자기
들 스스로 예술을 이해하지 못하는 행동을 하고 있었다.

"그런 가짜들에게 예술적인 재능이 있다고 생각할 수는 없습니다. 재판장님, 이 사건은 명백하게 피고 측이 조작한 사건입니다."

"원고 측, 이번에는 말이 좀 심합니다."

보다 못한 판사도 얼굴을 찌푸릴 정도로 그들은 오로지 우기고 있었다. 보통은 이런 경고가 나오면 사과하기 마련인데 말이다.

"하지만 맞는 말이지 않습니까? 저희는 수십 명의 전문가들이 수차례의 검증을 거쳐서 확인했습니다. 그런데 저쪽은 치매에 걸린 노친네 한 명만이 있을 뿐이고 그나마 증거라고 내놓은 것이 동양화 전문 위조범 하나뿐입니다."

"원고! 말조심하세요! 치매 걸린 노친네라니요! 지금 당신들이 고소한 사람들은 당신들이 원작을 인정해 달라고 소송할 정도로 유명한 예술가입니다!"

"그래서요? 그걸 인정하는 건 우리입니다. 만일 우리가 위작이라고 하면 그건 위작인 거예요. 당신이야말로 그걸 모르는군요."

'저런 개 같은……'

저들이 저렇게 기고만장할 수 있는 이유. 그건 대한민국의 잘못된 구조에 있다.

작품에 대한 가장 큰 권리자는 원작자가 되어야 한다. 하지만 대한민국은 그게 아니다. 평론가라는 사람들이 인정하면 그건 원작자의 의사와 상관없이 위작으로 판명되며 그걸 판 원작자는 처벌받는 아이러니한 상황에 처하게 되는지라 저들은 자연스럽게 절대적인 위치에서 예술가들을 지배할 수 있게 된다.

"이번 작품만 해도 그렇습니다. 수십 명의 평론가들이 그 작품을 확인했습니다. 그들이 한꺼번에 그렇게 속을 수 있다고 생각하십니까? 그건 불가능합니다."

자신들은 틀리지 않는다는 지독한 아집. 믿음을 넘어서 신념이 되어 버린 생각들.

'쯧쯧.'

그림이 아닌 그 그림이 유통되는 단계에서 흐르는 돈을 쫓는 녀석들.

"재판장님, 피고 측은 사건에 대해 잘 알지도 못한 채로 명확하지 않은 증거만을 가지고 해당 작품이 위작이라고 주장하고 있습니다. 더 이상 싸워 봐야 의미가 없으니 재판장님께서는 고견으로 이 사건을 끝내 주시기 바랍니다."

"재판장님, 세상어디에 원작자가 인정하지 않는 원작이 그 사람의 이름으로 유통되는 경우가 있을 수 있겠습니까? 원고 측의 주장은 말도 안 됩니다."

"흠⋯⋯."

판사는 잠시 고민하는 듯했다. 하지만 확실하게 마음이 굳어 있는 상태였다.

"더 이상 재판을 끌 이유가 없을 것 같군요. 다음 변론 기일까지 피고 측이 만들지 않았다는 명확한 증거를 제시하지 못한다면 바로 결심하겠습니다."

⚖️

"이런 젠장! 말이 되는 소리를 해라! 도대체 얼마나 받아먹은 거야?"

노형진은 사무실로 와서 노발대발하고 있었다. 상식적으로 말이 안 되는 소리다. 세상 천지에 어떻게 하지 않았다는 걸 증명한단 말인가?

"소문에 따르면 그림 문제가 달려 있다고 하던데요?"

고문학은 탁자를 찡그리면서 중얼거렸다.

"그림요?"

"네, 노 변호사님이 이상하다고 해서 알아봤는데 얼마 전에 그 판사가 그림 한 점을 샀다고 하더군요."

"그거랑 이번 재판과 무슨 관계가…… 이럴 싯팔……."

노형진은 얼굴을 찌푸렸다. 대충 알아챘기 때문이다.

"그 그림, 설마 원작입니까?"

"네."

"이런 염병할……."

만일 그가 원작을 샀다면 몇십만 원짜리는 아닐 것이다.

수억짜리 그림일 텐데 만일 그걸 검증하는 사람들이 가짜라고 판결해 버리면 그는 수억 원을 날리게 되는 셈이 된다.

"이런 상황에서는 아무래도 많이 불리하죠?"

"불리할 수밖에 없죠. 후우."

'대한민국은 이게 문제야.'

원작자나 그 기술의 핵심 인력보다는 무리를 이끌고 자기 이권을 위해 싸우는 자들을 더 인정해 주는 것 말이다. 가장 유명한 일이 바로 유명 피겨 선수의 훈장 문제다.

전 세계에서 인정하는 선수이며 피겨의 신이라고 불린 그녀였지만 연맹에서는 자신의 말을 안 듣는다는 이유로 정당한 상금 지불을 거절하기도 하고 선수 자격을 박탈시키려는 시도까지 했다. 나중에는 국가에서 훈장을 주려고 하자 훈장 자격이 안 된다면서 훈장 수훈을 방해해 결국 그 선수가 아닌 연맹과 밀접한 관계에 있는 어떤 정치인이 그 훈장을 받게 했다.

"결과적으로 이번 사건에서 이기려면 상대방의 권위를 박살을 내야 한다는 건데."

"현장에서 그리게 하면 안 됩니까?"

"저도 그러고 싶지요. 하지만 재판부가 거부했습니다. 하긴 그렇게 되면 무조건 인정해야 하니까요."

해외에서는 위작 시비가 났을 때 그 위작을 그린 사람이 직접 재판 현장에서 똑같은 그림을 그려 냄으로써 그게 위작이라는 것을 증명한 적이 있었다. 그걸 떠올린 노형진은 현장에서 똑같이 그림을 그리자고 주장했지만 재판부는 재판 시간이 길어진다는 말도 안 되는 이유로 거부했다. 사실 재판 시간이 길어지면 누군가 지키는 상황에서 다른 곳에서 그리면 그만인데도 말이다.

"일단 카메라로 찍어서 제출해 보려고 생각 중입니다."

"인정할까요?"

"그게 문제죠."

카메라로 전 과정을 찍는다고 하지만 저쪽에서는 분명 또 조작 타령을 할 것이다. 범인이 자수해도 조작이라고 하는 놈들인데 과연 그걸 인정하겠는가?

"결과적으로 제가 봤을 때는 저 녀석들을 꺾으려면 그 좆문가질부터 꺾어야 합니다. 그 평론가라는 놈들의 눈은 개눈깔이라는 걸 알려 줘야 할 겁니다."

"그런가요?"

"네, 그리고 그걸 언론을 통해 제대로 홍보해야 하고요."

"네? 그게 무슨 말씀인지?"

"이번 사건은 판사도 그 그림을 구입해서 제대로 된 판단을 하지 못합니다. 저들이 자신의 그림을 부정하면 수억을 날리니까요. 그렇다면 방법은 두 가지뿐입니다. 하나는 우리가 그 그림을 수억을 주고 사든가, 그 평론가라는 새끼들을 사회적으로 매장시켜서 믿을 수 없는 녀석으로 만들든가."

이것이 법이다

그렇게 된다면 그 녀석들이 아무리 가짜라고 주장해도 세상에서는 들어 주지 않을 것이다. 그렇다면 판사도 충분히 합리적인 판단을 할 수 있게 된다.

"그나저나 평론가라는 놈들도 웃기는 놈들이네요."

"그렇게 말입니다. 하아."

결국 그들은 보고 판단할 뿐이지, 그걸 그릴 실력은 안 된다. 그런데 그걸 그린 사람들을 무시하다니, 웃기다 못해 어이가 없는 일이다. 물론 평론가로서의 재능도 무시할 수는 없다. 문제는 한국의 평론가들은 그걸 보고 즐기기 위해 하는 게 아니라 돈 있는 놈들이 자기들의 이름을 높이기 위해 하는 경우가 많다는 게 문제다.

'결국은 좆문가 짓이지.'

전문가도 아니면서 전문가인 척하는 좆문가질. 노형진이 가장 싫어하는 놈들 중 한 부류.

"하지만 저 녀석들을 어떻게 매장한다는 건가요?"

"정상적인 방법으로는 안 되겠죠. 하지만 방법은 있습니다."

"네? 저 전문가들을 매장시킬 방법이 있다고요?"

"네."

노형진은 아주 우연하게 봤던 뉴스를 보면서 기억을 더듬거렸다.

"미국으로 가야겠습니다. 이참에 저들을 아예 매장시켜 버립시다."

"네에?"

미국으로 가자는 말에 고문학은 고개를 갸웃할 수밖에 없었다.

⚖

법무법인 새론. 평론가들에게 도전장을 내다.
법무법인 새론. 평론가들도 검증이 필요한 시대라고 주장.

며칠 뒤 대한민국에 갑자기 황당한 소식이 전해졌다. 새론에서 재판과 관련하여 그들의 실력을 믿을 수 없다며 그들의 실력을 검증하겠다는 것이다

"이거, 이거 미친 거 아냐!"

유명한 평론가이자 국립중앙박물관의 큐레이터인 송승현은 화가 나서 길길이 날뛰었다.

"고작 변호사 따위가 우리 평론가들을 검증한다고? 이 새끼가 미쳐도 단단히 미쳤네. 예술에 대해 알기는 하는 새끼야?"

"알 리가 없죠. 안다면 검증 운운하면서 떠벌리지는 않을 거 아닙니까?"

"그렇겠지. 예술에 대해서 좆도 모르는 새끼의 말은 들을 이유가 없지."

송승현은 애써 진정하려고 했다. 하지만 그들이 그렇게 말

한다고 해서 모든 문제들이 해결되는 것은 아니었다.

"하지만 분위기가 좋지 않은 것도 사실입니다."

대한민국의 국민들은 소위 말하는 좆문가들에게 둘러싸여 있었다. 부동산 전문가라고 하는 녀석의 말만 믿고 투자했다가 날리거나 주식 전문가라는 사람들의 말만 믿고 투자하고 날리곤 했다. 그래서 전문가, 아니 좆문가에 대해서 상당히 적대적인 상황인데 그걸 검증하자고 하니 순식간에 인터넷 메인에 올라갈 만큼 사람들의 관심을 끌고 있었다.

"아무래도 언플인 것 같습니다. 우리가 피하면 그걸 가지고 재판을 유리하게 끌고 갈 생각인 거죠."

"끄응…… 그렇겠군."

그들이 아무리 변호사에 대해 잘 모르고 변호사 없이 소송한다고 하지만 그렇다고 해서 노형진에 대해서 모르는 것은 아니었다. 최후까지 싸우며 악착같이 생로를 만들어 내는 변호사. 승률이 90%가 넘는다는 건 그가 절대 만만한 자는 아니라는 것을 뜻한다.

"지금까지 그의 행동을 보면 분명 언론 플레이를 하는 걸 겁니다. 그 녀석은 언론 플레이에 능하니까요. 우리가 피하면 그걸 가지고 우리의 실력에 대해 꼬투리를 잡을 게 뻔합니다."

"그러니까 우리를 매장시키시겠다?"

"그렇습니다."

"흥, 웃기는군."

송승현은 코웃음이 나왔다. 자신들이 이 자리에서 버틴 건 단순히 운이 좋아서가 아니었다. 아무리 재능이 있는 작가라고 해도 말을 듣지 않으면 밟아 버리고, 자신들에게 고분고분하면 극찬해서 유명 작가로 만들어 준다. 결국 화백이라는 놈들은 자신들이 만들어 준 이미지로 먹고사는 광대들이다. 그런데 자신들을 매장시키겠다니.

"그래서 그 녀석이 어떤 방법을 쓸 것 같나?"

"뻔하지요. 우리가 평론가이니 우리에게 진짜 그림을 찾아내라고 하지 않겠습니까?"

"으음……."

그 말에 송승현은 작게 신음성을 흘렸다. 그럴 수밖에 없는 게 사실 평론가니 어쩌니 해도 그걸 확실하게 잡아내는 것은 쉬운 일이 아니다. 이번 사건만 해도 그걸 잡아내지 못해서 이 사달이 난 것이다.

"그러고 보니 결국 원점이군."

자신들이 작품을 인정하라고 소송까지 한 것은 자신들의 자존심을 지키기 위해서였다. 그런데 결과적으로 인터넷에서 검증하게 된 상황이니 자신들이 소송한 실익이 없게 된 것이다.

"하지만 기회로 볼 수도 있습니다."

"기회?"

"네, 만일 우리가 모든 그림을 맞힌다면 우리 이름을 널리 알릴 기회가 되지 않겠습니까?"

"그거야 그렇지만 어디 그게 쉬운가?"

"쉽습니다."

"쉽다고?"

동료 평론가의 말에 고개를 갸웃하는 송승현이었다. 그러자 평론가는 웃으면서 방법을 이야기하기 시작했다.

"기본적으로 이 세계에서 작품을 유통하는 과정은 고정되어 있습니다. 사진으로 프린트된 작품을 검증에 동원하지는 않을 겁니다. 그건 극단적으로 표시가 나니까요. 그러니까 아마도 모작(작품을 따라 그린 작품. 위작은 원본인 척 속이는 걸 목적으로 만들어지지만 모작은 명확하게 복제 판매를 목적으로 만들어진다.)을 살 겁니다. 그리고 그중에 진짜 작가의 작품을 넣어 두겠지요."

"올커니!"

그런 모작을 만들 수 있는 사람들은 한정되어 있다. 그리고 그런 사람들의 연락처는 대부분 자신들이 알고 있다.

"그리고 우리는 작가들의 연락처도 알고 있지요."

"그렇지!"

그들이 어떤 모작을 사는지 알 수 있다면 어떤 작가의 작품으로 시험할지도 알 수 있다는 소리다. 그렇다면 그 작가에게 전화해서 조금만 겁주면 그들이 사 가든 빌려 가든 한 작품이 어떤 것인지 알 수 있을 것이다.

"그렇게 되면 우리는 100% 맞힐 수 있을 겁니다."

"그렇게 되면 도리어 녀석들이 불리해지겠군. 흐흐흐."

송승현은 자신들의 승리를 확신하고는 미소를 지었다.

⚖️

"대표님, 드디어 보고가 들어왔습니다."

"그래? 어떤 보고?"

그들은 며칠 전부터 그런 모작 작품들을 거래하는 모든 상인들에게 전화를 걸어서 거래 내역을 확인하라 시켰는데 드디어 그 결과가 나온 것이다.

"그 녀석들이 총 다섯 명의 작가들의 그림을 총 네 점씩 구입했다고 합니다."

"네 점씩?"

"네, 각각 다른 그림으로요."

"오호, 그렇단 말이지?"

송승현은 노형진이 어떤 식으로 테스트하려고 하는 건지 알아챘다. 그렇게 만들어진 모작 네 점 사이에 진짜 작품 하나를 두고 그중에서 진짜 작품을 찾으라고 할 가능성이 높아 보였다. 사실 그거 말고는 다른 방법이 없어 보이기도 했다.

"그럼 그 작가들에게 연락해 봐야겠군. 흐흐흐."

저쪽에서 어떤 카드를 들고 나올지 안다면 무서운 건 없다. 결과적으로 천강우 화백은 이게 자신의 그림이라는 것을 인정할 수밖에 없을 테니 자신들이 더욱 유명해질 거란 생각에 그들은 미소를 지었다.

⚖️

"네? 그건 좀…….."
"말하지 않겠다는 뜻입니까?"

노형진에게 그림을 빌려준 다른 화백은 난감한 얼굴이 되었다. 자신도 귀가 있고 주변에서 교류가 있는 사람이다. 지금 국립중앙박물관과 천강우 작가 사이에 무슨 일이 벌어지고 있는지 모를 리 없다.

"이게 어떤 용도인지 모를 리 없을 텐데요?"
"……."

그렇다. 노형진은 이들을 찾아와서 왜 빌리는지 친절하게 설명해 줬고 동료 작가들을 위해 잠시만 작품을 빌려 달라고 정중하게 부탁하기까지 했다. 그들의 횡포에 억눌려 있던 작가들은 슬쩍 모른 척 빌려줬고 말이다. 그런데 그들이 어떻게 알았는지 와서는 어떤 작품을 빌려줬는지 말하라고 하는 것이다.

"같은 업계에 있는 사람들끼리 좋게 이야기합시다."
"……."

무시할 수는 없다 그림의 가치를 판단하는 사람들이 이들이니 생계가 달려 있는 화가들의 입장에서는 조심스러울 수밖에 없다. 실제로 많은 작가들이 그들에게 찍힌 후에 나오는 그림마다 악평을 받고는 결국 자살을 하기까지 했다.

'우리가 그런 것에 놀아날 것 같냐? 흐흐흐'

송승현은 미소를 지었다. 미리 정답을 알고 있다면 틀리는 게 이상한 일이다. 그렇다면 자신들에 대한 대중의 믿음이 더욱더 강해질 것이다. 그에 따라 자신들의 권력이 더욱 강해질 테고 말이다.

'고작 변호사 나부랭이 주제에 대들어? 전문가들이 왜 전문가인지 보여 주마. 흐흐흐.'

송승현은 자신의 미래를 생각하면서 미소를 지었다.

⚖️

"사람 많네."

"그렇지요?"

노형진이 도착한 곳은 다름 아닌 한강 둔치 공원이었다. 그곳에서 검증한다는 말에 수많은 사람들이 찾아왔고 심지어 걱정스러운 얼굴로 그 그림을 빌려준 화가들까지 찾아왔다.

'지금이라도 말할까?'

노형진이 빌려간 작품들이 뭔지 저들은 알고 있다. 즉, 그 안에 자신의 그림들이 다 들어 있는 것이다. 더군다나 구입한 모작들의 이름까지 알고 있으니 이번 싸움은 질 수가 없는 상황.

'안 돼……. 그럴 수는…….'

그들은 고민하다가 결국 고개를 푹 숙이고 말았다. 그렇게 된다면 더 이상 한국 예술계에서 생활하는 것은 불가능하다는 사실을 알고 있었기 때문이다.

"오늘 검증을 위해 오신 분들께 감사의 인사를 드립니다."

노형진은 주변에 가득한 사람들을 보면서 미소를 지었다. 아무리 인터넷으로 홍보했다곤 하지만 이렇게 많은 사람들이 왔을 거라 생각하지 못했다.

"오늘 천강우 화백님의 작품과 관련하여 평론가들의 실력이 진짜로 존재하는 것인지 알아보기 위해 이 자리를 마련했습니다. 그리고 대한민국 평론가 협회는 기꺼이 그 도전을 받아 주셨습니다. 그리고 대표로 열 분의 평론가들이 나오셨습니다."

노형진이 소개하자 앞으로 나서서 인사하는 송승현과 그 동료 평론가들.

"방식은 간단합니다. 저희가 다섯 작가분들의 작품을 준비했습니다. 한 작가분당 다섯 개의 그림이 나올 테니 평론가들은 그 안에서 그 작가의 작품을 찾아 주시면 됩니다."

"호오."

그렇게 많은 수라면 단순히 우연으로 찾을 수는 없기 때문에 사람들은 관심을 보이기 시작했고 노형진은 준비되었느냐는 눈으로 평론가들을 바라보았다.

'훗, 이길 수 있다고 생각하느냐?'

송승현은 그런 노형진의 도발적인 시선에 비웃음을 날리면서 고개를 끄덕거렸다.

그걸 본 노형진은 신호를 보냈다. 그러자 차에서 한 무리의 사람들이 하얀 천이 씌워진 작품을 들고 나왔다.

"이 안에서 찾으면 되십니다."

미리 준비된 이젤에 그림을 올리고 하얀 천을 벗기는 노형진.

"결과는 나중에 한꺼번에 발표하겠습니다. 감정 부탁드립니다."

노형진의 말에 그림으로 향하는 사람들.

그들은 이리저리 그림을 살피는 것처럼 행동하기는 했지만 사실 그 그림 중에서 어떤 게 진짜인지 알고 있었다. 그저 사전에 알고 왔다는 말을 듣기 싫어 살피는 척할 뿐이었다.

"이게 그 작가의 원작입니다."

드디어 시간이 지나자 한 남자가 그림을 지명했고 사람들은 격하게 고개를 끄덕거리며 동감의 의사를 밝혔다.

"확신하십니까?"

"확신합니다."

송승현은 자신이 있었다. 있을 수밖에 없다. 그 그림의 이름뿐만 아니라 그 그림의 사진까지 보고 왔으니까.

"그럼 다음 그림을 넘어가도록 하겠습니다."

노형진의 말에 기존에 있던 그림을 들고 나간 사람들이 다시 새로운 그림들을 가지고 나왔다. 그러자 그걸 한참 살핀 송승현은 역시나 자신들이 알고 있던 그림을 선택했다.

그렇게 송승현과 동료 평론가들은 주저하지 않고 총 다섯 점의 그림들을 골랐다. 모두 다 사전에 이야기를 들은 작품들이었다.

"확실하십니까?"

"네."

"알겠습니다."

그렇게 어느 정도 시간이 지난 후 총 다섯 작품들이 선택되었다.

"이 그림들이 화가들이 그린 진품이라고 확신하십니까?"

"그렇습니다."

"이 작품들은 모두 화가들이 그린 진품입니다."

송승현은 당당하게 말했다.

"가짜일 가능성은요?"

"없습니다. 모든 전문가들이 만장일치로 결정한 것입니다."

"그렇군요."

자신들이 골랐으니 이것이 진품이라는 그들의 주장. 지금까지 하던 그들의 말과 똑같은 행동. 하지만 이번에는 달랐다. 이번에는 그들을 편들어 줄 판사도, 그들의 힘이 통하는 증인도 없었다.

"여러분들이 고른 작품 중에서 진짜 작품은 단 한 점도 없었습니다."

"뭐!"

"무슨 개소리야!"

"헛소리하지 마!"

그 말을 들은 평론가들은 벌 떼같이 들고 일어났다.

"하나도 없다는 게 말이 돼!"

"제가 왜 거짓말을 하겠습니까? 여러분들이 고른 그림들 중에서 진짜 작품은 단 하나도 없습니다. 모두 다 위작입니다."

"개소리하지 마!"

듣고 있던 송승현이 버럭 소리를 지르면서 벌떡 일어났다. 자신들은 분명히 고른 작품들은 본인 작품이 맞다. 그걸 넘겨준 화가들 스스로가 인정한 것이다. 그런데 본인 작품이 아니라니, 그게 무슨 말도 안 되는 소리란 말인가?

"여러분! 저거 다 거짓말인 거 아시죠? 자기들이 불리하니까 모두 가짜라고 거짓말하는 겁니다!"

"우우우! 꺼져라! 사기꾼 새끼들 같으니!"

몇몇 그들을 편드는 선동꾼들이 사람들을 선동하기 시작했다.

"하늘에 맹세코 저건 가짜입니다."

이것이 명이다

"헛소리하지 마! 그게 진짜라는 증거는 사방에 널렸어. 당장 그 작가들이 우리한테 말……."

뭐라고 하려던 송승현은 아차 싶었다. 자신이 말하면 안될 걸 말할 뻔했기 때문이다. 하지만 사람들의 시선은 이미 그들에게 쏠려 있는 상황. 그 말에 순간 침묵이 흘렀다.

"그래요. 작가들이 당신들에게 말했겠지요. 어떤 작품을 받아 갈 거라고."

노형진은 애초에 이번 일을 꾸미면서 그들이 자신의 특성을 알고 받아칠 거라 생각했다. 자신의 주특기 중 하나가 언론 플레이라는 것을 아는 이상, 저들도 그냥 당하지는 않을 것이 확실하니까.

'내가 그렇게 당할 줄 알았나?'

저 녀석들은 자신들이 앞을 내다보고 신의 한 수를 내놓았다고 생각했겠지만, 사실 노형진은 그런 그들의 행동을 예상하고 있었다.

'이런 사건이 나한테 생소한 사건이기는 하지만 그렇다고 해서 전혀 모르는 사건도 아니란 말이지.'

사건은 다를지언정 그걸 저지르는 범인들의 심리는 비슷하다. 특히나 권력으로 통제하려고 하는 녀석들은 더욱 비슷해서 아집으로 똘똘 뭉친 채로 사전에 정보를 얻으려 한다.

"여러분은 이 장면을 보셔야 합니다."

노형진은 뒤에 댄 차로 가서 커다란 텔레비전을 하나 가져

왔다. 그리고 텔레비전으로 어떤 영상을 재생했다.

"대문?"

"저건 아파트인데?"

화면에 나타나는 것은 다름 아닌 어떤 집들의 입구였다.

"맞습니다. 저 집들은 우리가 찾아간 화가분들의 자택입니다. 그리고 저희는 그분들에게 자기 작품을 하나씩 빌려달라고 부탁드렸습니다."

화면에는 자신들이 들어가는 사진이 띄워져 있었다. 그리고 화면과 날짜가 바뀌더니 그 집으로 들어가는 사람들의 또 다른 모습이 찍힌 사진이 나타났다. 그걸 본 송승현의 얼굴은 딱딱하게 굳었다.

"으음……."

"보다시피 저 말고도 다른 분들이 그분들을 찾아갔습니다. 그리고 그분들은 여기 계신 열 분하고 동일한 분들로 보입니다. 안 그런가요?"

노형진은 그들이 찾아갈 거라 예상했다. 하지만 집 안에 카메라를 설치할 수는 없었고 화가들이 절대적인 갑인 그들을 함정에 빠트릴 수 있는 카메라 설치를 용납할 리 없었다. 그래서 그 바로 앞집에 부탁해서 카메라를 설치하여 그들의 움직임을 녹화한 것이다.

"맞다. 저거 송승현 아냐?"

"저쪽도 있는데?"

"뭐야? 그럼 사전에 어떤 그림인지 듣고 나왔다는 거야? 뭐야? 그게 무슨 평론가야!"

"우우, 사기꾼 새끼들!"

사람들의 반응은 급격하게 식기 시작했다. 진품을 한눈에 알아볼 수 있다고 호언장담하던 평론가라는 사람들이 자신이 없으니 미리 화가들을 찾아가서 어떤 작품이 진짜인지 사전에 듣고 작품을 고른 것이기 때문이다.

'후후후, 내가 이럴 줄 알았지.'

사실 공평하게 하려고 한다면 동일한 작품 하나에 그 작품의 위작 네 점를 놔야 한다. 하지만 그렇게 해서는 임팩트가 없으니 노형진은 위작 네 점 사이에 진품 한 점을 섞어 두는 것처럼 준비했다. 그렇게 된다면 저들은 그 정보를 얻으려고 할 테니까.

아니나 다를까, 송승현을 비롯한 평론가들은 화가들을 겁박해서 미리 준비한 작품 중 어떤 게 진짜인지 확인했다.

"헛소리!"

"헛소리라고 할 게 아니지! 당신이 찾아간 건 거짓말이 아니잖아! 저 동영상은 어떻게 해명할 거야!"

누군가의 외침. 그리고 점점 궁지에 몰리는 평론가들.

'이런 젠장.'

노형진에게 당했다는 사실에 송승현은 이를 빠득 갈았다. 지금까지 자신이 어렵지 않게 엿을 먹이고 있었다고 생각했는데 말이다. 물론 그건 맞다. 하지만 그건 그들이 잘나서가 아니라 의뢰인인 천강우 화백이 제대로 된 정보를 주지 않은 탓이다.

"말도 안 되는 소리야! 너희 말이 맞는다면 우리가 고른 작품은 진짜라는 소리가 되는데 저 인간은 가짜라고 하잖아! 그럼 말이 안 된다는 생각은 안 하나!"

한참 머리를 굴리던 송승현이 소리를 지르자 사람들은 순간 할 말을 잃었다.

"어? 그러고 보니 그러네?"

노형진 말대로 사전에 정보를 얻은 것이라면 저들이 고른 그림은 위작이 아닌 진짜라는 뜻이 된다. 그런데 노형진은 그들이 맞힌 게 하나도 없다고 했다.

"그것도 말이 안 되잖아?"

"도대체 뭐가 진실이야?"

웅성거리는 사람들.

노형진은 이쯤에서 마무리하기로 했다.

"제가 그림을 빌린 건 사실입니다. 하지만 그걸 이 현장에 가지고 나오겠다고 한 적은 없습니다."

"뭐?"

"그걸 확인시켜 드리기 위해 이 그림들의 위작을 도와주신 분을 소개해 드리지요."

"뭐라고?"

그 말인즉슨 노형진이 저들이 이런 식으로 나올 줄 알고 애초부터 가짜들과 바꿔치기해서 나왔다는 소리였다.

'젠장.'

확실히 노형진은 이 중에서 진짜를 고르라고 했지, 이 중에서 진짜를 맞히라고 하지는 않았다. 아 다르고 어 다른 게 말인지라 진짜를 고르라는 것은 그 안에 진짜가 없다는 뜻이 될 수도 있다. 진짜를 맞히라고 했다면 하나는 진짜라는 뜻이겠지만 말이다.

"어?"

그런데 그런 놀라움은 다음에 나온 모습에 더욱 커질 수밖에 없었다.

"사람이 아니야?"

노형진이 신호를 보내자 멀리 있던 트럭 하나가 다가왔고 그 옆이 열리면서 천천히 그 내부가 나타났다. 사람들은 그 안에 사람이 있을 거라 생각했다. 그런데 그 옆면이 다 열렸을 때 보인 것은 사람이 아닌 기계였다.

"무슨 장난입니까?"

"장난이 아닙니다."

노형진은 그 기계 옆으로 가서 하얀 천으로 씌워진 그림들을 벗겨 냈다. 아까 전 송승현과 다른 평론가들이 골라낸 작품들과 동일한 작품들이 그 안에서 모습을 드러냈다.

"이게 진짜지요."

"크윽."

결과적으로 당했다는 사실에 송승현은 이를 악물었다. 하지만 그의 인생 최악의 날은 이제 시작이었다.

"그리고 제가 아까 위작들을 만드는 걸 도와준 분을 소개시켜 드린다고 하셨지요? 이분입니다."

그러자 운전석 조수석에서 나와서 꾸벅 인사하는 남자. 그런데 사람들은 그걸 보고 고개를 갸웃했다.

"화가가 아닌 것 같은데?"

화가든 뭐든 분명 직업의 특성이 드러나는 이미지가 있다. 하지만 아무리 봐도 그에게는 화가의 그것이 느껴지지 않았다.

"안녕하세요."

자기소개를 하는 남자. 그리고 그 말을 들은 사람들은 더욱 기가 막혔다.

"프로그래머?"

위작을 도와줬다는 사람이 프로그래머란다.

"헛소리! 예술의 세계가 얼마나 심오한데 고작 프로그래머 따위가 위작을 할 수 있다는 거야! 이게 그렇게 만만한 줄 알아!"

아니나 다를까, 평론가들은 그를 매도하면서 발끈했다. 그러자 그 말을 들은 프로그래머는 얼굴을 찌푸렸다.

"자자, 진정하시고. 그건 눈으로 보면 알 거 아닙니까? 지금 되나요?"

"당연히 됩니다."

이것이 힘이다

프로그래머는 짜증 난다는 눈으로 평론가들을 바라보더니 컴퓨터로 다가갔다.

노형진은 트럭 아래에서 몰려들어서 욕설하는 평론가들을 비웃었다.

'멍청하기는'

세상은 변한다. 당연히 그에 적응하지 않고 자리만 지키려고 하는 녀석들은 도태될 수밖에 없다.

"제가 아까 말씀드렸다시피 이분은 위작하신 게 아니라 위작을 도와주신 분입니다. 그리고 우리는 지금부터 위작을 만들 겁니다."

"뭐라고?"

송승현이 발끈했지만 노형진은 대답하는 대신에 고개를 끄덕거렸고 그걸 본 프로그래머는 컴퓨터를 조작해서 옆에 있던 기계를 움직였다. 그러자 기계가 '위이잉.' 하고 소리를 내면서 움직이더니 잠시 후 한 장의 그림을 완성하여 내보냈다.

노형진은 그걸 꺼내 들었다. 그러자 사람들은 자신도 모르게 탄성을 질렀다.

"허어?"

"이게 어떻게 된 거야?"

원본과 똑같이 생긴 물건이 눈앞에 있었던 것이다.

"이건 프로그램과 기계로 만들어 낸 겁니다. 쉽게 말해 좀 고급스러운 프린터로 뽑아낸 것뿐이죠. 그런데 평론가들은 그걸 알아내지도 못하고 남이 한 말만 듣고는 이게 진짜라고 판단했습니다. 안 그런가요?"

"으윽!"

그 말에 평론가들은 사색이 되기 시작했다. 고작 프린트된 것도 알아보지 못하고 그게 진짜라고 주장하는 사람들이 어떻게 대중에게 평론가로서 믿음을 줄 수 있겠는가?

"뭐야? 평론가라더니 고작 저 정도야?"

"빈 수레가 요란하다고 하더니 딱 그 짝이네."

"프린터도 못 알아보고 저거 완전 개눈깔 아냐?"

"……."

사람들의 분위기는 평론가들에게 절대적으로 불리하게 흘러가기 시작했다. 평론가라는 사람들이 프린터로 뽑은 그림도 구분하지 못한다는 게 이해가 가지 않았던 것이다.

'물론 그게 쉬울 리가 없지.'

사실 여기는 노형진이 만든 함정이 있었다. 이 장비는 미국의 대학에서 실험적으로 만든 장비로, 예술 작품을 분석해서 동일하게 만들어 내는 장비였다. 단순히 색감만 인쇄하는 프린터가 아니라 질감부터 아주 미세한 색 조정까지 모조리 광학적으로 분석해서 만들어 내 실력이 아주 좋은 사람이 아니면 구분하기 힘들다.

'뭐, 진짜 실력 좋은 사람이 있었다면 모르겠지만.'

만일 그런 사람이 저들 사이에 있었다면 노형진도 방법이 없었겠지만 그런 사람들은 자신들에게 위협이 되기에 여러 가지 이유를 들어 퇴출시킨 그들 중에 그런 실력이 있는 자가 있을 리 없었다. 그래서 저들이 프린터에서 나온 그림도 알아보지 못하는 개눈깔이 되어 버린 것이다.

"장난하는 것도 아니고!"

"뭐야! 평론가라며?"

"내 열 살짜리 딸도 프린터로 뽑은 건 구분한다."

"완전 실력도 없는 새끼들이……."

사람들의 비웃음이 사방에 가득했고 그런 경험을 겪어 본 적이 없는 평론가들은 이를 빠드득 갈더니 그대로 몸을 돌려서 그곳을 도망치듯 빠져나갔다.

"에잇!"

"젠장!"

그들은 이제 와서 후회했지만 이미 상황은 늦은 상태였고 여론은 벌써 그들에게 불리하게 돌아가고 있었다.

"여러분, 이게 우리나라 평론가들의 수준입니다. 저들은 천강우 화백의 그림이 위작이 아니라고 했습니다. 하지만 저희는 그게 위작이라는 확실한 증거를 가지고 있습니다. 지금부터 그걸 보여 드리겠습니다."

아까 전 설치된 대형 텔레비전에서 나오는 영상. 그건 장상필이 위조하는 모습이었다.

'재판정에서 틀지 말라고 했지, 인터넷에 틀지 말라는 말

은 안 했으니까. 후후후'

영상 속에서 장상필이 어떻게 동일한 물감을 얻었는지, 어떻게 그림을 그리는지에 대해 설명하면서 그림을 그리기 시작하자 사람들은 그걸 뚫어져라 바라보았다.

−물감을 얻는 건 어렵지 않습니다. 요즘은 모두 공산품을 쓰니까요. 다만 특정 브랜드를 확인하는 게 어려운데 저 같은 경우는 그 집에서 나오는 쓰레기통을 뒤져서 확인했습니다. 그걸 신경 쓰는 사람은 드물거든요.

그렇게 완성되어 가는 가짜 〈안개 낀 한강〉을 보면서 사람들은 경악을 금치 못했다.

⚖️

"소송을 취하했네요?"
"그렇겠지요. 자기들이 쪽팔린 건 알 테니까요."
국립중앙박물관과 평론가들은 소송을 취하하고는 그대로 꼬리를 말았다. 사건이 벌어진 뒤 그들의 실력이 만천하에 드러나면서 누구도 믿지 않게 된 데다가 법원에서도 인터넷에서의 여론을 무시하지 못할 상황이 되어 취하를 종용했기 때문이다.

이것이 삶이다

"취하할 거라 예상하신 거예요?"

이은영 변호사의 질문에 노형진은 고개를 끄덕거렸다.

"네, 원래 인민재판이라는 것이 그런 것이거든요."

"그건 북한식 표현 아닌가요?"

"뭐, 기본적으로 성질은 똑같으니까요."

세상이 실력이 없는 녀석으로 소문이 나면 다시 그 자리에 올라가기 힘들다. 하물며 그동안 그 자리에서 있는 척은 다하던 인간이라면 더하다.

"저들의 실력은 부족합니다. 오로지 권력의 힘으로 그 자리를 지켜 왔죠. 사실 평론가라는 사람들 대부분이 그렇지요. 하나 평론가란 기본적으로 그 작품의 가치를 판단하는 사람입니다."

사람들은 감정가와 평론가를 헷갈리고는 한다. 감정가는 그 작품이 진짜인지, 손상된 것이 있는지 확인하는 사람이다. 평론가는 기본적으로 그 작품의 가치와 가능성을 살피는 사람이고 말이다.

"한국에서는 그게 이상하게 되어 있어요."

그게 진짜인지 가짜인지 확인하는 것은 평론가가 아닌 감정가가 해야 할 일이다. 그러나 평론가들은 거기에 걸려 있는 이권 때문에 자신들의 이름을 걸고 검증한 뒤, 그게 틀렸다고 하면 이런 말도 안 되는 소송까지 걸어 가면서 자기 자리를 지키려고 한다.

"아마 이제는 그 짓은 못 할 겁니다. 당분간은요."

인터넷에서는 평론가들의 희대의 삽질이라며 동영상이 공유되고 있었다. 하긴 일반적인 상식으로는 프린트된 물건도 확인하지 못하는 사람이 평가한다는데 그걸 믿을 사람이 어디에 있겠는가?

"그럼 이제 그 작품을 인정하라고 소송하지는 않을까요?"

"못할 겁니다. 당분간은 말이죠."

문제는 이게 임시적인 방법이라는 것. 어찌 되었건 저들은 아직 갑의 위치에 있으니 언젠가는 다시 고개를 쳐들고 권력을 차지하려 할 것이다.

"일단은 그래도 이번 사건은 이겼잖습니까?"

노형진은 피식 웃었다. 간만에 전혀 모르는 사건을 담당하면서 느낀 희열 때문이다.

"노 변호사님은 모른다 모른다 하면서도 잘하시네요."

"하하하, 모든 사건은 기본적으로 똑같으니까요. 법보다 우선되는 건 감정입니다."

노형진은 이은영 변호사를 바라보면서 말했다.

"감정?"

하지만 이은영 변호사는 아직은 그걸 이해하지 못한다는 듯 고개를 갸웃할 수밖에 없었다.

"기본적으로 법은 도구입니다. 그걸 대응하는 인간의 감정은 비슷하죠. 그러니까 그 부분을 봐야 합니다. 법의 해석은 그다음 문제죠."

"좀 복잡하네요."

"아직은 어려울 겁니다. 하지만 언젠가는 이해하실 수 있을 거예요."

그가 보기에 이은영 변호사에게 부족한 점은 바로 그것이었다. 수석 졸업이라는 타이틀답게 그녀의 법률 해석 실력은 부족함이 없다. 다만 사람들의 법 감정이라는 것을 이해하지 못하고 있었다.

'이게 문제가 돼서 로스쿨이 생긴 거지만.'

어찌 되었건 이번 사건은 성공적으로 끝났다.

"다음 재판은 좀 쉽게 갈 수 있으면 좋겠네요."

"그랬으면 좋겠네요."

"하하하."

하지만 누군가에게는 절박한 사건이기에 이 세상에 쉬운 사건이란 없다는 걸 알고 있는 노형진은 그게 불가능하다는 것을 알고 있었다.

다음 권으로 이어집니다

꿈의 도약, 로크에서 하십시오
(주)로크미디어에서 신인 작가를 모십니다

즐거운 세상, 로크미디어는 꿈을 사랑하고 도전을 두려워하지 않는 작가 분들의 참신한 작품을 기다리고 있습니다. 21세기 장르 문학계를 이끌어 갈 차세대 선두 주자 (주)로크미디어에서 여러분의 나래를 활짝 펴 보시길 바랍니다.

모집 분야 판타지와 무협을 포함한 장르 문학
모집 대상 아마추어 작가, 인터넷 작가
모집 기한 수시 모집
　　작품 접수 시 유의 사항
　　　　1. 파일명은 작가명_작품명.hwp형식을 갖춰 주십시오.
　　　　1. 파일에 들어갈 내용은 다음과 같습니다. '
　　　　　　─ 성명(필명인 경우 실명을 밝혀 주세요), 연락처, 이메일 주소
　　　　　　─ 제목, 기획 의도
　　　　　　─ A4용지 1장 분량의 등장인물 소개
　　　　　　─ A4용지 2장 분량의 전체 줄거리
　　　　　　─ 본문
　　　　1. 작품이 인터넷에 연재되고 있다면, 게시판명과 사이트의 구체적이고
　　　　　　정확한 주소를 기재해 주십시오.

선택된 작품은 정식 계약 후 출판물로 간행되어 전국 서점에 유통됩니다.
작가 분은 (주)로크미디어의 전폭적인 지원하에 전속 작가로 활동하시게 됩니다.
※ 자세한 내용은 로크미디어 홈페이지(rokmedia.com)를 참조하세요.

(03920)서울시 마포구 성암로 330 DMC첨단산업센터 3층 314호
(주)로크미디어 편집부 신간 기획 담당자 앞
전화 : 02 ─ 3273 ─ 5135
www.rokmedia.com　　이메일 : rokmedia@empas.com

200평 초대형 24시 만화방

📖 수원시청점

로데오거리

● 농협

● CGV

⑧ 수원시청역 8번출구

24시 만화방 3F

● 홍콩반점

TEL : 031-226-3771
수원시 팔달구 인계동 1041-11 3층 24시 만화방

수면실 (침대식) — 사우나석

2인석 — 샤워실

세탁기 — 신간100%

📖 의정부점

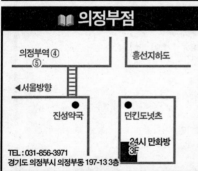

의정부역 ④ ⑤

흥선지하도

◀서울방향

진성약국

던킨도넛츠

24시 만화방 3F

TEL : 031-856-3971
경기도 의정부시 의정부동 197-13 3층

📖 안양점

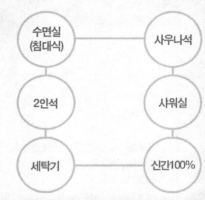

● 안양역

육교

◀관악역

명학역▶

농협

24시 만화방 2F
안양일번가

TEL : 031-466-3771
경기도 안양시 안양동 674-163 공룡고기건물 2층

📖 주안점

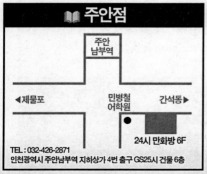

주안 남부역

◀제물포

민병철 어학원

간석동▶

24시 만화방 6F

TEL : 032-426-2871
인천광역시 주안남부역 지하상가 4번 출구 GS25시 건물 6층

📖 안산점

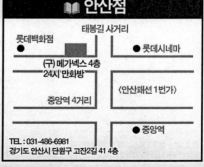

태봉길 사거리

롯데백화점 ●

● 롯데시네마

(구) 메가넥스 4층
24시 만화방

〈안산패션 1번가〉

중앙역 4거리

● 중앙역

TEL : 031-486-6981
경기도 안산시 단원구 고잔2길 41 4층